KB141756

구자명 외 21인의 작가가 쓴

미니
픽션

불사조의 아침

구자명 외 21인의 작가가 쓴

미니 픽션

불사조의 아침

나무와숲

21세기 문학으로 떠오른 미니픽션

박병규
문학박사·고려대학교 강사

미니픽션은 흐르는 강물이며, 정의는 강심江心을 지나는 뱃전에 표시한 흔적이다. 누구는 허구적 요소가 미니픽션의 고갱이라고 표하고, 누구는 반전에 따른 미학적 효과에 방점을 찍고, 누구는 장르의 혼합을 강조하지만, 공통점도 없지 않다. 극도로 짧은 분량의 작품으로, 장르를 넘나들고, 생략적이며, 유머나 아이러니나 풍자나 패러디와 같은 재미가 있어야 한다는 것이다.

이처럼 뱃전 여기저기에 정의를 각인하는 동안에도 미니픽션이라는 강물은 쉼 없이 흘러가며 새로운 물길을 내고 마른 벌을 적시고, 오랜 세월 땅에 묻혀 있던 씨앗을 틔워 지천을 선운사 동구의 동백꽃 닮은 초록저고리 다홍치마로 물들인다.

미니픽션의 강 서쪽에서 발원지를 찾는 사람은 페트로니우스의 『사티리콘』에서 『이솝우화』를 거쳐 보카치오의 『데카메론』과 세르반테스의 『모범소설』을 지나고 포우의 단편소설에서 오래 머물다 체홉과 오 헨리로 이어지는 물줄기를 찾아내고, 강 동쪽에 앉은 사람은 노자의 『도덕경』이나 장주의 『장자』에서 시작하여 『벽암록』을 펼쳐들고 『무문관』을 지나 바쇼의 하이쿠 「오래된 연못」으로 이어지는 매서운 흐름을 내세운다.

그러나 무심한 눈으로 보면, 미니픽션은 20세기 초 아방가르드 문학이라는 소용돌이에서 창발했다. 아폴리네르의 칼리그람에서 글이 그림이 되어 「비가 내리고」, 호세 후안 타블라다의 『어느 날』, 에즈라 파운드의 「지하철역에서」 동과 서가 만나고, 「보르헤스와 나」에서 시와 수필이 혼합됨으로써 독자적이고 분명한 흐름을 형성한 미니픽션은 장편소설의 부고장이 나돌던 60년대 문단 변두리에서 세를 불리더니 1986년 미국에서 『서든 픽션 : 아메리카 쇼트-쇼트 스토리』로 완연한 모습을 드러냈으며, 1996년 베네수엘라에서 출판된 『미니단편 인식을 위한 소책자』와 1998년 멕시코시티에서 개최된 '제1차 미니픽션 국제대회'를 통해서 21세기 문학으로 부상했다.

돌이켜보면 새천년을 전후하여 미니픽션 못지않게 하이퍼픽션도 세간의 이목을 끌었다. 그러나 수년이 지난 지금, 누리집homepage에서는 미니픽션이 강세이다. 하이퍼픽션은 링크를 통한 분기성과 쌍방향 의사소통을 무기로, 독자가 이야기를 선택하고 작품을 구성할 수 있는 자유를 실현한 획기적인 문학이었으나 아쉽게도 실패하고 말았다.

실패는 예견된 일이었다. 작가는 독자가 소설 작품에 적극적으로 참여하기를 간절하게 원하지만 일상에서 갖가지 활동에 관여해야 하는 독자는 그러한 참여를 번거롭게 여긴다. 게다가 하이퍼픽션에서 말하는 독자의 자유와 참여란 대부분 작가가 제시한 이야기를 재구성하는 방식이므로 레고 조립이나 키트 조립처럼 제한된 자유이고 참여이다.

이에 반해 미니픽션은 독자의 완전한 자유와 참여를 보장한다. 평범한 사람들을 작가의 위치로 끌어올린 문학이다. 작품의 분량이나 형식에 구애를 받지 않으므로 일상에서 문득 떠오른 한 구절 단상만으로도 누구나 창작자가 될 수 있다. 아니다. 우리는 끊임없이 창작을 하며 살아간다. 때로는 없는 이야기도 만들어내기도 하고, 때로는 노래 가사를 바꿔 보기도 하고, 때로는 주변 사람들의 말에 슬쩍 자기 색깔을 얹어 보고, 때로는 선문답만큼이나 정제된 구절을 가슴에서 문득 길어 올리며, 때로는 섬광처럼 예리하게 스쳐지나가는 생각에 고개를 들어 하늘을 바라보며 살아간다.

이처럼 삶이 곧 창작이며, 일상 언어가 곧 문학이기에 천부적인 재능이 없어도, 창작 훈련을 받지 않아도 누구나 창조하고 향유할 수 있는 소탈한 문학이 미니픽션이다.

미니픽션의 일상성·개방성·민주성·공유성은 누리집의 특성과 잘 어울린다. 물론 누리집이 생기기 이전부터 미니픽션은 존재했지만, 블로그와 같은 개인 미디어의 등장은 미니픽션의 전 세계적인 보급과 확산에 결정적인 기여를 하였다. 현재 미니픽션 관련 사이트는 우리나라를 비롯하여 미국, 멕시코, 스페인, 일본 등 헤아릴 수 없을 만큼 많다.

그 중에서도 강력한 추동력을 갖춘 사이트로는 2000년부터 지금까지 미니픽션의 이론을 천착하고 있는 '인터넷 단편' El cuento en Red, 그리고 2001년 작품 중심으로 사이트로 등장한 미국의 '퀵픽션' Quick Fiction, 2004년에 개설된 우리나라의 '미니픽션' minifiction, 2007년에 시작한 미국의 '플래시픽션 온라인' Flash Fiction Online을 꼽을 수 있다.

이러한 현상을 반영하듯 해마다 각국에서 미니픽션 작품집이 출판되고 있는데, 대부분은 동호인들의 작품을 전통적인 책의 형태로 담아내고 있다. 새로운 시도도 없지는 않다. 1986년부터 꾸준히 미니픽션 모음집을 발간하고 있는 로버트 샤파드와 제임스 토머스가 2007년에 출판한 『새로운 서든 픽션 : 미국과 그 외 지역의 쇼트-쇼트 스토리』가 한 예이다. 이 선집은 미국을 비롯한 전 세계 누리집에 게재된 작품을 꾸준히 살펴보고 엄선한 것으로, 농부에서 기성 작가에 이르기까지 각계각층을 망라하고 있어서 개방성과 민주성이라는 미니픽션의 정신을 충실히 구현하고 있다.

문학과 회화의 융합이라는 장르 실험도 주목할 만하다. 앞서 언급한 '미니픽션' 사이트에 연재하는 김의규의 볼트빅션BoltViction은 문자 언어와 시각 언어의 간극을 메우려는 실험으로 언뜻 보면 브라질의 구체시poesia concreta를 연상시킨다. 그러나 둘 사이에는 중요한 차이점이 있다. 브라질 구체시가 철자를 이용한 시각적 효과를 추구한다면, 볼트빅션은 다양한 기술적 구현을 통해서 시각예술에 시간성을 부여하고 문자예술에 공간성을 부여함으로써 작가의 설명처럼 "섬광적 시공간 예술"을 성공적으로 개척한 사례라고 평가할 수 있다.

미니픽션을 가리키는 용어는 매우 다양하다. 우리나라에서는 미니픽션, 핵편소설, 엽편소설로 부르고, 미국에서는 서든 픽션, 플래시픽션, 쇼트-쇼트 스토리, 마이크로 픽션, 베리 쇼트 스토리, 퀵픽션이라고 하며, 스페인어권에서는 미니픽시온, 일본에서는 슈퍼 쇼트 픽션, 중국에서는 초단편이라고 부른다.

이처럼 이름이 많다는 것은 그만큼 다양하며 개방적이라는 의미이며, 동시에 그만큼 무정형이며 실험적이라는 뜻이다. 무릇 생명체가 성장하면서 변화하듯이 미니픽션 역시 장르·구성·형식·내용에서 예측을 불허할 만큼 풍부한 변화 가능성이 내포되어 있다. 그러한 변화 속에서도 극히 짧은 작품이라는 성격은 불변할 터인데, 이는 창작의 측면에서 보면 미니픽션의 강점이고, 수용의 측면에서 보면 약점이다.

사실 미니픽션의 부상과 확산은 우리 시대의 신속성·조급성·피상성과 맞물려 있다. 다량의 이질적인 정보를 접하는 현대인은 빠른 시간 안에 요점만을 파악하려고 갈망한다. 이러한 경향이 문학에서는 미니픽션처럼 간결한 작품의 선호로 나타난 것이다.

그런데 간결한 이야기에는 미학적 압축이 뒤따르게 마련이며, 이는 한자리에 오래 머무를 수 있는 여유와 책갈피를 파고드는 깊숙한 사고와 집중력을 요구하기 때문에 결과적으로 신속성·조급성·피상성과 배치된다.

다행히도 우리나라의 미니픽션은 토란 잎에 후드득 떨어지는 빗방울 같은 참신성과 번갯불처럼 날이 선 기지로 이러한 모순을 훌륭하게 극복해 내고 있을 뿐만 아니라 우리의 삶과 사고와 언어를 일상 너머로 찬연하게 확장해 가고 있는데, 지금 그 네 번째 증거가 손안에 펼쳐져 있다.

| 차례 |

2

1

구자명 | 불사조의 아침
구준회 | 은행잎 병아리
김민효 | 정숙혜 여사와 한수위 씨의 동상이몽
김병언 | 슬픈 닭발
김의규 | 꼬꼬댁 • 후다닭
김정묘 | 계창鷄窓을 그리며
김 혁 | 달걀팔이 소년
서지원 | 첫 닭이 우는 소리 • 계공鷄公들의 비상회의
안영실 | 봉황이 된 닭
유경숙 | 투계鬪鷄의 전설
윤신숙 | 가물가물~~반짝반짝
이시백 | 닭
이진훈 | 그거 아세요, 나무꾼과 선녀 뒷이야기
정성환 | 싸움닭의 말로
최서윤 | 삼진아웃
홍 적 | 즐거운 이메일

불사조의 아침

구자명

오늘도 나는 내 동족의 발들이 시뻘건 양념을 묻힌 채 산더미처럼 쌓여 있는 부엌 한구석에서 때를 기다리고 있다. 저 많은 동족의 발들은 내가 나의 성스런 임무를 수행할 시각쯤이면 거의 자취를 감출 것이다. 그만큼 내가 마지막 보금자리로 삼은 이 업소는 장사가 잘 된다. 주인 여자는 나를 신주단지 모시듯 하는데, 내가 이곳에 들어오고부터 장사가 더 불 일 듯이 번창하게 됐다는 믿음이 거의 신앙의 수준에 이른 것 같다.

지난해 연말 언젠가 그녀는 전년 대비 매출 증가가 꼭 '따블'을 기록했다고 종업원들과 자축 파티를 연 적이 있었는데,

그날 나는 '불사조'란 애칭을 부여받고 이 업소의 공식 마스코트가 되었다. 하루가 멀다 하고 음식점들이 개점 폐업하는 지독한 불황 속에서 유독 이 집만 자꾸 확장 이전해야 할 정도로 손님들이 미어터지게 북적댔다. 그러니까 불사조란 이름은 이러한 사업운이 어떠한 여건에서도 이어지기를 바라는 주인 여자의 마음이 상징적으로 투사된 것이다. 한데 공교롭게도 내가 걸어온 삶의 역정과 묘하게 맞아떨어지는 면이 있어 스스로 매우 흡족한 나머지 굳이 때를 기다리지 않고 오밤중에 몇 곡조 신나게 내질렀다가 이틀 동안 근신 처분을 당하기도 했다.

그때 캄캄한 창고 속에 던져져 아무 빛도 소리도 없는 절대 고독의 시간을 견디며 있자니 나는 병아리 적에 선창 바닥에 겹겹이 쌓인 화물 상자 사이에서 또래 동무들과 숨죽여 태평양을 건너던 때부터 이제껏 거쳐온 구사일생의 내 생애가 파노라마처럼 떠올랐다. 사실 나는 미국에서 태어나서 종자 병아리로 팔려 온 외래종인데, 부산 부두에 하차됐을 때 우리 동포들의 반은 이미 굶어죽거나 질식사한 상태였고, 경상도 어느 농장에 도착했을 때는 그 반이 또 죽어 있었다. 그 농장에서 일 년쯤 살면서 여러 나라에서 건너온 종자들과 웬만큼 친분을 쌓고 잘 지내게 됐을 즈음 태국에서 새로 온 친구 하나가 '에이아이' 라는 무서운 전염병을 달고 와 퍼뜨리는 바람에 우리는 하루아침에 모두 생매장될 신세가 되었다. 관청에서 나온 사람들이 비닐 가운을 입고 몰려와서 일에 착수하려다가 아침부터 깡소주를 마시며 비통해하는 농장 주인을 달래느라 잠시 주춤한 사이 나는 재빨리 빠져나와 토종닭들만 따로 관리하는 계사로 몰래 숨어들었다. 그러나 다음날 나는 주인에게 발각되어 도로 땅에 묻힐 처지가 됐으나 그때 마침 걸려온 전화 한 통이 내 목숨을 연장시켜 주었다. 무슨 기공 실험인가를 그 지역 어느 대학의 대체의학연구소에서 하는데 실험용으로 쓸 건강한 닭 여남은 마리가 필요하다는 것이었고, 그 요청에 주인은 나를 포함하여 전염 여부가 의심되는 토종닭 여남은 마리를 실어 그 연구소로 보냈다.

중국인 기공사가 특별 초청되어 시범을 보이는 그 실험에는 닭의 정수리를 칼로 내리쳐서 거의 죽은 것과 같은 상태로 만들어 놓고 기공의 힘으로 생기를 불어넣어 되살려내는 과정이 포함되어 있었다. 두 번째 마루타로 나간 토종닭까지 완전히 뻗어 버려 회생의 기미를 보이지 않자 기공의 효력을 증거하고야 말 '삼세번'째 선수로 내가 발탁되어 나가 머리에 칼을 맞고 쓰러졌다. 깨어 보니 어느 가정집의 부엌이었고, 솥에는 물이 설설 끓고 있었다. 이십대 아가씨 하나가 자기 엄마를 급히 불렀다. 빨리 온나, 엄마야. 털 뽑는 거는 엄마가 해라. 나는 잘 몬한다 아이가. 그녀의 엄마로 보이는 중년 여자가 들어와서 날 이리저리 들춰 보더니 말했다. 가시나, 어데서 칼 맞은 닭은 들고 와갖고 꽤나 구찮게 굴어쌓네. 와, 닭발은 냄새도 맡기 싫다 카디 백숙은 뭐 딴 기라꼬 묵고 싶나? 딸이 심드렁하게 대꾸했다. 연구소에 그냥 나뚜면 썩기밖에 더 하겠나? 연구원들은 관심 없고 여직원들도 징그럽다꼬 아무도 손 안 대는 기라. 가게서는 닭발만 하이까 엄마도 닭 온 마리 구경할 일 없잖아. 그래 마, 니 효녀 맞다. 푹 삶아 묵자. 중년 여자가 내 두 날개를 뒤로 제치더니 번쩍 들어올렸다. 그때까지 죽은 척 눈을 반쯤 뜨고 있던 나는 너무 아파 나도 모르게 소리를 질렀다. ㄲ끼요오~ 모녀는 나동그라질 듯 놀라며 외쳤다. 살았구마! 나는 비척거리며 일어서서 뒤늦게나마 기공의 위력을 다시 한 번 오달차게 증거했다.

끄, 끄, 끄, 끄, 끄오끼요오~

주인 여자가 창고에 웅크리고 있는 나를 꺼내 식당 주방 곁에 달린 작은 방에 데리고 간 때는 조그만 들창으로 희부윰한 새벽 여명이 새어 들어올 즈음이었다. 그녀는 평소와 달리 많이 취해 있었다. 술 파는 장사를 하다 보니 손님들과 몇 잔씩 주고받는 경우가 없지 않았지만 결코 일정선 이상을 넘어서서 흐트러진 모습을 보이는 적이 없던 그녀였다. 레그혼 암탉처럼 눈자위가 빨개져서 나를 지그시 바라보던 그녀가 축축한 목소리로 타일렀다.

이눔아야, 니 그래 아무 때나 내키는 대로 울어제끼믄 니 명에 몬 죽는대이. 동틀 때 딱 한 분씩만 울어야 하는 기라. 그때가 우리 집 장사 마치는 시간 아이가. 그래야 손님들이 안 헷갈리제. 니 어기차게 우는 소리 한 분 듣고 집에 돌아가마 재수가 좋다꼬 소문이 났다 말따. 내는 집안 살린다꼬 목청 좀 높이고 쪼매 설치고 댕깄디 암탉이 울어 정신 시끄럽다꼬 같이 몬 살겠다 카대. 그래서 이래 외롭게 안 사나. 니는 수탉이지만 아무리 숫놈이라도 울어야 할 때와 말아야 할 때를 몬 가리믄 끝장인 기라. 알겠제, 으이!

그날 이후로 나는 아무리 내 속에서 염장이 끓거나 신명이 솟구쳐도 정해진 시간, 새벽 다섯 시 반에만 딱 한 번 목청을 뽑는다. 그래야 천신만고 끝에 흘러든 이 안락한 보금자리에서 오래도록 지낼 수 있을 테고, 어쩌면 늙어 자연사할 때까지 주인 여자와 파트너십을 이어갈 수 있을지도 모른다. 불사조란, 자기 기분과 욕망의 희생을 불사하고 부여받은 본분을 사수하여 살아남는 새란 뜻이다. 이 뜻풀이에 이의를 제기할 자 누구인가. 밤새워 미칠 듯이 매운 닭발을 뜯고 가는 이 업소의 손님들은 모두 그 불사조가 되고자 하는 것이다. 아, 뻐꾸기시계가 다섯 번 울렸다. 이제 내 목청을 정비해 둘 시간이다. 정확하게 반 시간 뒤에 나는 사람들이 한 번 들으면 잊지 못할 고고한 목청으로 부르짖을 것이다. 불사조의 새 아침이 왔어요오!

은행잎 병아리

구준회

어디선가 병아리의 울음소리가 들리는 듯했다. 영이는 눈을 들어 은행나무 쪽을 바라보았다. 강 쪽 가까운 둔덕에 이 마을이 자랑하는 어마어마하게 큰 은행나무가 있다. 사람들은 천년은 됐을 거라고 하기도 하고 그보다 더할 것이라고 말하기도 했다. 군청에서 보호수로 정한 후 세운 표지판에는 수령이 800년이라고 씌어 있었다.

늘어진 가지를 괸 버팀목이 두세 개 있었지만 그 수령에도 불구하고 이 은행나무는 봄이면 아기 손 같은 파릇파릇한 연두색 은행잎 순들을 피워 내고 여름엔 풍성한 그늘로 이 마을 할

아버지 할머니들 경로당 노릇을 해주었다. 그늘이 넓어 동네 아이들의 놀이터도 이곳이었다. 그러나 뭐니뭐니해도 이 은행나무의 진수는 은행잎이 떨어지는 계절, 가을이었다.

가을이 되는 것을 마을에 가장 먼저 전해 주는 것도 이 은행나무였다. 하나 둘 푸르던 잎이 노랗게 물들어 가기 시작하면 가을의 전령이 되는 것이다. 하루하루 갈수록 은행잎은 선명하고 농익은 노란색으로 변해 가다 끝내 샛노란 한 그루 꽃나무로 변신하고 마는 것이다. 멀리서 보면 황금 산호처럼 서 있어 실로 화려하고 눈이 부셨다.

그 꽃나무가 꽃잎을 하늘에 반납하기 시작할 때면 가을은 깊어지고 있음을 말한다. 은행잎 노란 꽃송이가 하나 둘 날리기 시작하다가 어느 날부턴가 뭉텅뭉텅 노랗게 하늘에 날리며 떨어져 쌓여 가는 것이다. 워낙 큰 나무다 보니 그 은행잎의 양도 엄청나 주변 일대가 노란 천지로 변해 버리는 것이다. 그 큰 나무에 붙어 있는 잎과 하늘에 날리고 있는 잎과 이미 떨어져 버린 잎과 그 위로 또 덧쌓이는 잎으로 은행나무 아래 소나무는 노란 눈송이를 얹고 황금 트리로 변해 버리고, 한참이라도 그

밑에 앉아 있노라면 사람도 노란 눈사람이 돼가는 것이다. 이는 가을만 되면 한바탕 벌어지는 황금의 축제였다.

그 은행나무 옆에 영이가 살았다. 초등학교를 내년에 들어가야 하는 영이는 놀아 줄 또래 친구가 없어서 늘 심심했다. 그래서 엄마가 밭에 나간 뒤엔 강가에 나가 조약돌로 물수제비를 뜨기도 하고 철새가 보이면 가까이 다가가다 쫓아 버리기도 하였다. 그런 영이가 어느 날 엄마와 읍내에 나갔다가 노란 병아리를 하나 사주어서 안고 왔다.

노란 솜털이 포근하여 뺨에 부벼 보고 쓰다듬어 보며 영이는 세상을 다 얻은 듯 연신 웃고, 안고 뒹굴었다. 병아리는 살아 있는 영이의 장난감이었다. 먹이도 한 움큼씩 꺼내 방바닥에 놓아주고 먹을 것을 종용하였고 물도 방구석에 한 종지 떠다 놓았다. 하룻밤을 자고 나면 조금 큰 것 같아 두 손으로 들어 보며 가늠해 보는 등 한시도 떨어질 수 없는 사이가 되었다. 병아리도 영이가 뛰어가면 따라왔고 숨으면 동그란 눈을 깜빡이며 어리둥절해하는 것 같았다. 그런 병아리가 귀여워 영이는 더 보듬고 볼에 부비곤 했다.

영이와 병아리는 은행나무 밑에 가서도 놀곤 했다. 은행잎이 조금씩 떨어지고 있을 때였다. 그곳에서 영이와 병아리는 나무 밑을 돌기도 하고 몇 잎 떨어진 은행잎을 주워다 주면 병아리가 작은 부리로 콕콕 찍어도 보며 놀았다. 바람이 조금 차가워지니 은행잎 떨어지는 숫자가 부쩍 늘었다. 그리고 어느 날 아침엔 간밤에 바람이 세게 불더니 엄청나게 은행잎이 떨어져 쌓여 있었고 계속 떨어지며 공중을 맴돌기도 했다. 노란 눈이 온 듯 켜켜이 쌓인 은행잎이 은행나무 밑에 펼쳐져 있었고 또 눈 내리듯 은행잎은 떨어지고 있었다.

영이는 병아리를 안고 은행나무 아래로 갔다. 발에 채이는 감촉이 푹신했고 어깨와 머리로 노란 잎이 쉴 새 없이 떨어졌다. 너무도 푹신해 영이는 은행잎 위에 누워 버렸다. 얼굴에도 치마 위에도 노란 잎이 쌓인다. 영이는 은행잎을 손으로 움켜쥐고 허공으로 던져 보다 팔딱 일어나 주변 은행잎을 두 팔로 끌어 모아 하늘로 날렸다. 샤워기에서 물이 떨어지듯 얼굴 가득 노란 은행잎으로 덮여 간질거렸다.

그러나 은행잎은 다른 낙엽과 달리 물기가 완전히 마르지 않아 얼굴에 감촉이 좋았다. 영이는 병아리에게도 낙엽을 날려 주었고 병아리도 이리저리 피하며 분주했다. 영이는 더 많이 은행잎을 날리다 엉덩방아를 찧기도 하고 넘어지기도 하며 은행잎 더미 위에서, 마침내 불어오는 강바람을 타고 날리는 은행잎 노란 물결에 휩쓸려 갔다.

그렇게 얼마를 놀다 영이는 병아리가 보이지 않는다는 사실을 깨달았다. 영이는 병아리를 찾기 위해 은행잎을 뒤지기 시작했다. 그런데 병아리 색깔과 은행잎 색깔이 같아 찾기가 힘들었다. 은행잎이 병아리고 병아리가 은행잎이었다. 어느 은행잎 더미 속에 들어갔는지 알 수도 없었다. 영이는 병아리를 부르며 은행잎을 종일 뒤적이며 찾았다. 그러나 찾고 또 찾아도 병아리는 발견할 수 없었다. 다음날도 그 다음날도 병아리는 찾을 수가 없었다.

아빠와 엄마는 "은행잎이 좋아 은행잎하고 같이 좋은 데로 갔나 보다" 고 했다. 그리곤 강가에 나가 종이배를 띄우자고 했다. 영이는 작은 손으로 은행잎을 종이배마다 소복이 태워 띄워 보내 주었다. 노란 은행잎 배는 강물을 따라 무수한 병아리로 변해 떠내려갔다. 오늘도 영이는 은행나무에서 은행잎이 떨어지는 모습을 보며 자꾸 병아리의 울음소리를 듣고 있었다.

정숙해 여사와 한수위 씨의 동상이몽

김민효

정숙해 여사는 닭장 쪽으로 걸음을 옮겼다. 닭장 쪽에서 푸드득 대는 소리들이 요란했기 때문이었다. 닭장 안에는 어림짐작으로 보아 이십여 마리쯤 되는 것 같았다. 그런데 소란스러움은 수십 마리, 아니 수백 마리가 뒤섞여 싸움질을 하는 것처럼 보였다. 암컷들은 달아나느라 바쁘고 수컷들은 암컷들을 뒤쫓느라 정신이 없었다. 수탉 한 마리가 용케 암탉의 등 위로 올라탔다. 암컷은 잠깐 몸을 비틀었으나 이내 다소곳해졌다. 닭대가리 주제에 엉큼하기는……. 정숙해 여사는 슬그머니 미소를 지으며 암탉을 향해 눈을 흘겼다. 짝짓기는 순식간에 끝났다. 볏을 바짝 세운 수탉은 아랫도리를 한 번 흔들고 암탉의 등에서 내려왔다. 그리고 하늘을 향해 길게 회를 쳤다. 새벽이 아니니 수탉이 울었다고 해야 옳은 것인지 모르겠다. 암탉은 날개를 짧게 한 번 흔들어 털을 가다듬고는 천연덕스럽게 먹이를 쪼아댔다. 다른 수탉들도 암탉을 좇느라 정신을 없었다. 사실 방금 전에 일을 끝낸 놈인지 아니면 딴 놈인지 구분이 된 것은 아니었다. 모두 비슷비슷한 데다 정신없이 섞이다가 흩어지는 바람에 한 놈에게 시선을 고정시킬 수가 없었다. 어쨌든 수탉이란 놈들은 오직 암탉의 등짝에 올라타기 위해 혈안이 되었다. 정숙해 여사의 시선은 수탉의 움직임을 끈질기게 따라붙었다. 암탉을 놓칠 때는 안타깝게 한숨을 쉬기도 하고 수탉이 맹렬하게 따라붙을 때는 손뼉을 치며 응원을 했다. 그리고 수탉이 짝짓기에 성공하자 자신도 모르게 환호성을 질렀다.

– 아유, 사모님 그게 그리 즐겁십니꺼?

언제 왔는지 관리인 배은덕 씨가 묘한 미소를 지으며 정숙해 여사를 쳐다보고 있었다.

– 아니, 그저…….

정숙해 여사는 말꼬리를 흐렸다. 그리고 정색을 하며 물었다. 콜린지인지 콜라겐인지 하는 대통령 부부의 에피소드가 생각났기 때문이었다.

– 배은덕 씨, 닭들은 하루에도 수십 번씩 저 짓을 한다는데 맞습니까?

– 사모님, 저 짓이 뭡니꺼?

배은덕 씨는 딴청을 부리며 정숙해 여사를 쳐다보았다. 정숙해 여사는 배은덕 씨가 자신의 말을 알아듣지 못했다고 생각하고 다시 물었다.

– 교미 말이에요. 교. 미.

– 아하! 사모님이 그기 그렇게 궁금하십니꺼? 맞심니더. 볏을 빡빡하게 세운 달구 새끼들은 하루에도 수십 번씩 저 짓을 하지예. 부럽심니꺼?

정숙해 여사의 눈초리가 심상치 않자 배은덕 씨는 얼른 말을 바꾸었다.

– 사장님께서 주신 술이 조금 과했나 보네예. 농담입니더. 용서해 주이소.

배은덕 씨가 머리를 조아리자 정숙해 씨는 표정을 풀며 말했다.

– 사장님에게도 수탉의 정력에 대해서 꼭 말씀드려야 됩니다.

정숙해 여사는 마치 영부인이나 되는 것처럼 은근한 목소리로 말했다.

잠시 후 한수위 씨가 정숙해 여사와 배은덕 씨가 있는 닭장 앞으로 다가왔다.

– 거하게 마셨더니 비워 내는 것도 한참 걸리네. 여보, 이제 슬슬 갈 차비를 합시다.

한수위 씨는 묻지도 않았는데 먼저 말을 꺼냈다.

– 여보, 나도 화장실을 갔다 올 테니까 좀 기다려요.

정숙해 씨가 서둘러 닭장 앞을 벗어났다. 그는 배은덕 씨에게 눈짓을 하며 서둘러 마당 가운데로 걸음을 옮겼다. 설마 남편이 콜린지인지 콜라겐인지 하는 대통령처럼 엉뚱한 질문을 하지 않을 것이라고 생각했다.

닭장에서는 여전히 수탉과.암탉들의 쫓고 쫓김이 계속되었다.

– 아, 저놈 벼슬이 엄청 기가 세게 생겼구만. 그것도 그렇

겠지?

한수위 씨의 물음에 배은덕 씨는 기다렸다는 듯이 수탉의 정력에 대해서 이야기했다.

– 매번 같은 놈과 그렇게 많이 합니까?

– 아니지예. 절대 그것은 아니라예.

배은덕 씨는 배시시 미소를 지었다. 주인 부부의 잠자리 같은 것은 아무래도 상관없었다. 달구 새끼 덕분에 계약이 수월하게 연장되었다는 사실이 중요했다.

정숙해 여사와 한수위 씨는 저녁시간에 대해 대단히 즐거운 상상을 하며 차로 향했다. 그녀는 새로 준비해 둔 잠옷과 향수를 떠올렸고, 한수위 씨는 장안동과 논현동 중 어느 쪽으로 갈까를 꽤 오래 저울질을 했다. 그리고 서로의 눈빛이 마주치자 공기가 참 맛있다는 말로 얼버무리며 급하게 차문을 열었다.

부부가 차문을 닫으려는 순간, 닭 울음소리가 크게 들려왔다. 꼬끼오~~ 꼬꼬댁~~ .

*쿨린지 대통령 부부의 에피소드 차용.

슬픈 닭발

김병언

"닭발 하나만 주실 수 있겠습니까? 이 애가 하도 먹고 싶다고 해서……."

한눈에 봐도 노숙자가 틀림없는 사내가 비굴한 어조로 말했습니다. 나는 단박에 "안 돼요!" 하고 쏘아붙였습니다. 극심한 불경기라 파리를 날리는데도 방금 들른 집주인 남자가 가게 세를 또 올리겠다고 해서 내 속이 몹시 엉켜 있었기 때문입니다. 게다가 오늘 장사를 아직 개시도 못한 초저녁이기도 했습니다. 내 앙칼진 목소리에 질렸는지 사내는 무렴한 표정인 채 문간을 물러났습니다. 신경이 날카로웠던 나는 소금을 뿌릴까 하다가 그만두었는데, 5분이 채 지나지 않아 '아, 내가 무슨 짓을 하고 있나!' 하는 생각이 불쑥 떠올랐습니다. 교회의 집사라는 내가 말입니다. 그까짓 닭발 하나의 원가라야 얼마나 되겠습니까. 사내의 한쪽 손에 매달려 있던 작고 더러운 여자아이의 눈빛은 또 얼마나 간절했던가요. 그 아이는 내년이면 초등학교에 입학할 내 딸아이 또래이기도 했습니다. 나는 양념이 밴 닭발 한움큼을 비닐봉지에 담아들곤 허겁지겁 밖으로 나왔습니다. 하지만 부녀로 보이는 그들의 모습은 이미 눈에 띄지 않았습니다. 나는 길 아래위를 한참 서성이다가 돌아올 수밖에 없었습니다.

닭발 하나도 사줄 능력이 없는 아비라니……, 나는 너무나 가슴이 아팠습니다. 어린것의 심경을 헤아리자니 더욱 그랬습니다. 집 나간 제 어미와 몇 차례 닭발집에 간 적이 있음을 나는 알고 있었습니다. 어린것이 닭발이 먹고 싶다기보다 그 기억을 붙잡고 싶은 것인지도 모를 일이었습니다. 아이와 한참을 걷다가 생각하니 내가 너무 무정하게 군다는 생각이 들었습니다. 아직은 추운 계절이 아니라서 함께 있지만 그리 머잖아 아이와의 이별을 예상하고 있었으니 말입니다. 죽기 전에 어느 보육원에 아이를 맡겨야 했으니까요. 나는 마지막 순간에 당도해서 먹고 죽을 약을 구입할 비상금이라 여겨 꼬불쳐 둔 돈이라도 써야 하겠다고 생각했습니다. 하기야 닭발을 조금 사더라도 그만큼은 남을 것이었습니다. 나는 어느 공원 입구에서 아이에게 잠시만 기다리라고 해놓곤 인근의 재래시장으로 향했습니다. 내가 그랬던 건, 닭발을 파는 가게가 있는 그 시장이 아이와 함께 가긴 좀 멀어 나 혼자 빨리 다녀오기 위해서였습니다. 그런데, 닭발을 사들고 혼잡한 교차로를 건너던 나는 그만 교통사고를 당하고 말았습니다. 병상에서 의식이 돌아왔을 땐, 이틀이 지나 있었습니다. 움직일 수도 없었던 나는 간호사에게 사정해서 그 공원 입구에 가 보라고 했는데 아이가 없더라고 했습니다. 내가 직접 그 장소에 가 볼 수 있었던 건 열흘 후였습니다.

내가 그때 아빠에게 닭발이 먹고 싶다고 조르지 않았어도 아빠가 나를 버렸을까……, 수천 번도 더 떠올려 본 질문이 다시 머릿속에 맴돕니다. 나는 두어 해에 한 번쯤 아빠와 헤어졌던 장소에 와 봅니다. 어느덧 나에게도 나를 닮은 딸아이가 생겼습니다. 그동안의 고생과 우여곡절은 말해 무엇 하겠습니까. 나는 아빠와 헤어진 이후로 닭발을 먹지 않았습니다. 아니, 도저히 먹을 수가 없었습니다. 행여나 아빠를 다시 만나면 우선 닭발부터 함께 먹을 생각입니다. 그때까진 참아야겠지요.

꼬꼬댁

김의규

암탉은 누런 털을 있는 대로 부풀리고 싸리나무 그늘 속을 독한 눈빛으로 쏘아보았다. 가끔씩 고개를 올렸다 내림을 불규칙하게 거푸하며 상대의 움직임을 하나도 놓치지 않고 가늠하는 것 같았다.

무얼까? 들고양이, 족제비, 너구리나 오소리? 내 둔한 시력으로는 어두운 그늘 속의 정체가 무엇인지 알 수 없으나 바르르 떨며 불안한 종종걸음으로 암탉의 배 밑과 꽁지 뒤로 바삐 숨는 병아리들로 봐서 야생의 포식자임에 틀림없다.

나도 모르게 소주잔을 든 손에 힘이 들어간 것은 만일의 사태에 술잔이라도 던져야겠다는 검증되지 않은 얄팍한 정의감에서일 것이다. 소주를 한 잔 털어 넘기고 안주를 집으려는 순간 싸리나무 그늘 속에서 검은 물체가 튀어나왔다. 그것은 흔한 도둑고양이였다. 놈이 한달음에 몸을 날려 암탉 앞에 앞발을 딛자마자 '꼬꼬댁' 하며 놀랄 만큼 큰 소리를 지르며 두 날개를 크게 휘둘러 튀어 오른 암탉의 서슬에 고양이는 즉시 뒷발로 가볍게 땅을 박차고 방향을 틀어 싸리나무 그늘 속으로 다시 숨어들었다.

암탉의 눈빛은 마치 불꽃이 튀듯 빛났고 기 오른 볏은 더욱 새빨개졌다. '옥, 오옥' 하며 단전이 끓는 소리와 함께 전의를 다지며 땅에 박은 발톱마다에 팽팽한 힘을 채워 놓았다. 그런 어미닭의 배 밑으로 모여든 병아리들은 몸을 서로 더욱 밀착한 채 자신들의 안전과 생명을 어미에게 송두리째 맡겼다. 무릇 세상의 어린것들이 다 저러하고 그 부모가 또한 그러할 것이다.

부모? 아니 이 절체절명의 위기에 수탉은 어디에 있단 말인가?

늦은 점심으로 내어온 푸짐한 닭백숙, 나는 평상에 앉아 담백하고 쫄깃한 육질의 토종닭을 뜯어 왕소금에 찍어 먹어 가며 소주 한 잔 즐기고 있는 중이다. 그리고 노트를 펼치고 새 작품 구상을 한다며 가끔씩 담배와 술잔과 펜을 번갈아 희롱하며 진초록 산골 바람을 음미하고 있었다. 나는 한 가족의 가장을 산산조각 내어 먹고 있었다. 가장을 잃은 어미닭이 사력을 다해 제 새끼들을 지키려는 눈물겨운 투쟁을 나는 관람하고 있었다.

불현듯 알 수 없는 불안감이 들어 주머니를 뒤져 휴대전화기를 열고 집에 연결했으나 통신불능 표시가 떴다. 현대 문명권 밖이라는 소리다. 언제라도 집과 연락이 되는 거리에 있어야 함을 늦게 깨달았다. 수컷이란 집을 중심으로 그 언저리를 맴돌며 두 눈을 밝혀 주변에 대한 경계심을 잃지 말아야 하는 것이다.

아직 반도 먹지 못한 백숙과 윤기 고운 찹쌀밥을 더 먹을 수 있을까? 도리질을 치며 나는 총각김치와 소주만을 연거푸 먹어 댔다.

그때 또다시 '꼬꾸댁' 하는 다급한 소리와 함께 무언가를 물고 튀는 고양이의 꽁무니를 보았다. 실로 쾌속하게 제 그림자까지 거둬 사라지는 도둑고양이를 향해 들고 있던 술잔을 힘껏 던졌으나 전혀 엉뚱한 곳에 떨어지고 말았다. 병아리 한 마리도 지켜 주지 못하는 내 무능함이라니. 그랬다. 조직에 적응하지 못하고 순응치 못하고 결곡함을 빙자한 내 무능과 독선은 아직도 한참 남은 햇살 아래 여지없이 까발려지고 있는 것이다.

맵씨 곱고 단아한 모습의 내 아내, 집들이하는 날 내 순결한 여신을 음탕한 눈빛으로 흘금대며 담배 필터에 침을 잔뜩 묻혀 씹은 사장이란 놈, 그 달로 쥐꼬리 월급이라도 타먹던 출판사를 때려치우고 전업 작가로 나선 지 벌써 2년……. 농부가 농사를 지어먹고 살듯, 어부가 고기잡이로 먹고살듯 작가는 작품으로 살아야 된다고 다짐하였다. 만나는 이들에게 입버릇처럼 한 그 말은 기실 나의 소심과 박약한 의지를 염려하여 배수진을 치듯 스스로를 거역할 수 없는 숙명에 대고 못질한 것에 다름 아니었다.

아직 해가 산을 넘기 전이다. 자리를 털고 일어나 황망히 떠나야 한다. 그리고 사랑하는 가족에게 돌아가 마누라가 지어 준 따듯한 밥과 된장찌개, 나물가지 등을 맛있게 먹고 글농사, 작품잡이를 해야 한다. 어둠이 내려 내 집을 두르면 눈 더욱 밝혀

일체의 틈입이 없도록 단속을 해야만 한다.

"저어, 할머니, 제가 급히 집에 갈 일이 생겨서요, 바로 올라가 봐야만 할 것 같습니다. 여기 식비하고 이건 오늘 제가 자면 드리려던 숙박료인데 이걸로 씩씩하고 건강한 수탉 한 마리 더 장만하세요. 저 꼬꼬댁이 외롭지 않게요."

의아해하는 농가의 노인 내외를 뒤로하고 걷는데 도둑고양이로부터 일단의 안전을 확보했는지 '고옥, 곡곡' 하며 어미닭의 병아리 모는 소리가 사랑스럽게 들렸다.

"꼬꼬댁, 새끼들하고 잘 사시게. 좋은 새서방도 만나고……."

후다닭

김의규

실로 오랜만에 가져 보는 혼자만의 오붓한 시간이다. 애들은 학교에 갔고 남편은 작품을 구상하러 지방엘 갔다. 회사 퇴직 후 전업 작가의 길로 들어서면서 허구한 날 방안에 박혀 줄담배를 피우며 원고에 매달리는 남편의 기세에 휴일도 없이 그 수발을 드는 것도 그렇지만 이제 고3인 딸애의 입시 스트레스와 여드름 박사가 된 막내아들놈의 뒤치다꺼리에 숨이 턱에 차오른다. 그리고 한 달 걸러 즉 격월간으로 정례화되다시피 한 친정과 시댁의 대소사들……. 정말 지구를 단 한 달만이라도 떠났다 돌아왔으면 했다.

그러나 부쩍 도드라진 남편의 야윈 어깨와 가늘어진 허벅지를 보면 눈물이 돌고 코끝이 매워 도리질치며 자신의 생각이 사치스럽고 못된 것인 양하였다. 요즘 들어 남편의 기력이 정말 쇠하였는지 잠자리에서 가슴을 더듬던 짓도 통 없으니 징그럽다며 야멸치게 뿌리치던 내가 잘못했는가 하여 적이 마음이 아려 왔다.

어느 날 아침, 밤새 원고를 쓰고 새벽에나 잠자리에 든 남편의 코고는 소리에 잠이 깬 나는 내 옆에 웬 할아버지가 누워 있는가 하고 기절할 듯이 놀랐었다. 흰 수염이 검은 수염을 덮고도 남았고 굵고 힘찼던 검은 머리는 숱이 성기고 가늘어진 채 헝클어져 마치 안개를 보는 듯싶었다.

별로 예쁘지도 않은 내게 청혼을 하며 온갖 감언이설과 협박으로 볼품없는 사랑을 구하던 그 철부지 청년은 어딜 가고 시아버지 같은 남편이 누웠는가 하여 그만 무상함에 설움이 북받쳐 화장실에 가서 소리 없이 한참을 흐느꼈다.

타협이나 융통성이라곤 비듬 조각만큼도 없는 꽁생원, 벽창호인 남편을 친구들은 현대판 선비라고들 했으나 그 말이 내겐

그다지 좋게만 들리지 않았다. 그게 좋은 덕목이라면 저희들은 왜 선비를 마다하고 온갖 권모술수와 야합의 달인이 되어 경제적·사회적 이익과 풍요를 누리는가? 그러한 그들의 알량한 칭찬에 우쭐하는 남편이 그렇게 못나고도 불쌍해 보였다.

어쨌든 그 남편이 작품 여행을 떠났으니 며칠간 잠시의 평안과 휴식이 보장된 요즈음, 이때를 기다렸다는 듯이 걸려온 대학 동창들의 전화와 막무가내의 방문이 딱히 싫지 않았다. 아니 싫기는커녕 오히려 반가웠다.

이름이 특이하여 기억하는 동네 어귀의 생맥줏집으로 우리는 우르르 몰려갔다. '후다닭'이라니? 후다닥 먹고 가란 뜻인지 뭔지……. 초저녁이라 때마침 손님도 없으니 아줌마들의 체면 없는 큰 소리 수다도 얼마든지 허용되는, 그야말로 신의 너그러움이 만들어 준 완벽한 공간이었다. 우리는 서로의 처지를 너무도 잘 아는 터이고 보니 자기 남편·자식 자랑이나 하는 유치함보다는 남편 흉이나 보는 미덕의 시간을 갖는 것으로 자연 말의 가닥이 잡혔다.

제 남편의 어리석음과 잔머리, 수컷의 허세 등등을 고백하며 정말 배꼽에 통증이 나고 숨이 가빠지도록 웃어댔다. 우리 아줌마들이 남자들의 어설픈 거짓말을 구석구석 얼마나 정확하게 알고 있는지 감도 못 잡는 남편들이 일일이 확인될 때마다 폭탄 터지듯 웃음소리가 났다. 우리는 급기야 옆구리가 파이는 듯한 고통과 함께 눈물까지 흘려 가며 우는 듯 웃어야 했다. 그리고 한 모금 들이키는 생맥주의 그 시원함이라니.

그렇게 친구들은 과장을 곁들인 남편 흉을 있는 대로 보고 내 차례가 되었다. 지난 20년에 걸쳐 확보된 남편의 흉, 그 중에서도 늘 못마땅하던 그이의 소시민적 소심증에 대해서 막 입을 열려는 순간 바지주머니에 넣어 둔 휴대전화의 진동이 울려 꺼내 보니 남편에게서 온 것이었다.

"아니 왜 이렇게 전화를 안 받어? 걱정했잖아. 별일 없지? 아무래도 집을 멀리 떠나니 걱정이 돼서 말이야. 나 한 20분 뒤면 집에 도착해. 후다닥 들어갈게. 된장찌개 먹고 싶다."

제 말만 하고 전화를 끊어 버렸다. 뭐? 20분 안에 온다고? 그럼 20년치 흉을 20분 안에 끝내고 또 저 맛있는 생맥주와 닭튀김을 20분 안에 후다닥 다 먹어야 된다고? 뭐? 후다닥 오겠다고?

계창鷄窓을 그리며

김정묘

선생님, 가을이 깊은데 아직도 창문을 닫지 않으셨나요? 선생님의 오두막 서재를 떠나 산속에 들어온 뒤로 사람 소리 잊은 지 오래되었습니다. 도를 깨우치려면 닭소리 개소리 없는 곳에 들어가야 한다며 한사코 저를 산으로 보내시고 어찌 지내시는지요. 시든 국화 다발 거두어 꽃차와 벗하시는지요. 봄에는 달벗이요, 여름에는 술벗이요, 가을에는 닭벗이 친절하다며 눈도 귀도 어두운 저에게 밤새워 책을 읽어 주시던 그때가 '고향의 봄'처럼 그립습니다.

해와 달을 바라본 세월이 강과 산을 이루고, 날개를 펴면 하늘 덮고, 한번 날갯짓에 천리를 날아간다는 붕새 이야기며, 고통을 들어 참된 진리를 보인다는 어려운 말도 귀에 못이 박히도록 들려주셨지요. 우주가 마법에 걸리면 달라이 라마는 귓밥을 후비거나 하품을 하며 마음이 하는 일을 나무라지 않았다고 말씀하셨지요.

선생님 서재 창가를 떠나던 그해 가을, "달은 왜 그리도 높고 밝은고?" 선생님은 오르골 태엽이 풀리는 소리처럼 혼잣말을 되뇌시며 밤눈이 어두운 저에게 미치도록 차고 시린 저 새벽달이 보이느냐고 물으셨죠. 응답처럼 제가 꼬끼오~ 홰를 치면 저를 담뿍 안아 서재 창틀에 앉혀 놓고 하늘 골무 얘기를 들려주시던 일이 바로 엊그제같이 생생합니다. 사는 일이 닭 쫓던 개 멍하니 지붕 쳐다보는 꼴이라는 둥, 소크라테스가 닭 잡아먹고 오리발 내밀었다가 죽음을 코앞에 두고 닭 빚을 갚아 달라는 유언을 남겼다는 둥, 그때는 아무리 시시껄렁한 얘기도 찬란한 별이 되었지요. 선생님 생각나시지요? 제가 울적한 선생님의 심사를 읽은 척 목청 터져라 울면 선생님은 졸린 눈으로 다관을 기울이고 기울이다 빈 잔을 들어 보이며 술 취한 사람처럼 비틀, 비틀, 흥얼거리셨죠.

님은 떠나고
돌아올 기약 없네
닭은 홰에 오르고
날이 저무니
양과 소도 내려왔는데
날도 달도 모르니
언제 다시 만날까

선생님, 지금 생각하면 꿈만 같습니다. 이리 말하면 선생님은 담박에 물어 보실 테지요. "그렇다면 네가 꿈을 깼느냐?" 꿈속에서 꿈을 깨는 일이야 닭발 없는 닭이 선생님 서재로 날아드는 일이지요. 선생님, 저의 시답잖은 소리는 여전하지요? 철없기는 밤늦도록 불이 켜진 창문을 보면 가슴이 설레는 것도 여전하답니다. 누군가 닭을 벗 삼아 말을 걸어 오진 않을까, 이렇게 말해도 꼬끼오고, 저렇게 말해도 꼬끼오인 제 말을 용케도 알아듣는 사람이 또 있지 않을까. 그런데 요즘 세상에 닭이 사람 말을 알아들을 걸 누가 상상이나 하겠습니까. 그저 애완닭을 기르는 호사가들이나 다른 닭보다 울음소리가 25초 이상 길다느니 짧다느니 옥신각신하는 재미로 저와 친구처럼 지낸다고 생각하지요.

선생님, 사실 제가 느닷없이 이렇게 편지를 올리며 꿈을 깨니 마니 주절대는 것은 엊그제 이상한 현상을 보고 나서 갑자기 까맣게 잊고 있었던 사람 말소리가 들리기 시작했기 때문입니다. 가을비 추적추적 내려 닭장 안에 웅크리고 앉아 양철 지붕 위로 떨어지는 빗소리를 세고 있는데 누군가 다그치듯 물었습니다.

"네가 닭발이냐? 네가 닭발이야?"

단지 그뿐이었습니다. 닭이 사람 소리를 내는 것인지, 사람이 닭소리를 내는 것인지 알 수는 없지만 분명 그렇게 말했습니다. 혹여 선생님이 저를 찾으시는 소린가 후다닥 닭장 밖으로 달려나갔습니다. 그 순간이었습니다. 선생님이 왜 저를 산속으로 보냈는지 문득 깨닫게 되었습니다. 사실 저는 작심하고 제 볼품없는 날개를 붕새처럼 커다랗게 키워서 하늘을 뒤덮으며 날아 볼 생각에 골똘했었지요. 너무 부끄러워서 저도 모르게 붉은 꽃처럼 피어난 '정든 닭발' 들 속으로 뛰어들었습니다. 그러자 아주 오래된 미래가 파노라마처럼 펼쳐졌습니다. 날개 대신 희고 긴 팔로 선생님의 서재에 꽂혀 있는 책을 꺼내는 제 모습이 그 가을 밤, 선생님이 손가락으로 가리키시던 그 달처럼 둥싯 떠올랐습니다.

선생님 그곳에서도 그 달이 보이시지요?

달걀팔이 소년

김 혁

소년은 이번에 들어온 영화가 무척이나 보고 싶었다. 그동안 본 영화치고 재미없는 영화가 하나도 없었지만, 가장 좋아하는 배우가 주인공으로 맹활약하는 신나고 통쾌한 영화인 터라, 더욱 보고 싶어서 안달이 났다. TV가 뭔지도 모르던 시골 마을 아이들에게는 동네 만화가게에 쌓인 낡은 만화책과, 가끔 학교에서 단체로 구경하는 영화가 유일한 오락거리였다.

문제는 용돈이었다. 극장은 물론 코딱지만한 동네 만화가게도 마음놓고 들락거릴 형편이 아니었다. 하지만 어떤 일이 있어도 이번 영화를 꼭 보고 말겠다고 굳게 결심한 소년은 비장의 무기를 사용하기로 마음먹었다. 먼저 학교에서 돌아오면 놀러 나가지 않고, 꼭 뭐 마려운 강아지처럼 마당가를 맴돌면서 닭장 안을 예의 주시하다가, 암탉이 알을 낳고 "꼬꼬댁! 꼬꼬!" 하는 울음소리가 들리면, 몰래 닭장 안으로 들어가 금방 낳은 따끈따끈한 달걀을 꺼내 호주머니에 넣고, 재빨리 도망쳐서 은밀한 곳에 감추는 것이었다.

성공 확률은 매우 낮았다. 대부분 동작이 민첩한 어머니가 먼저 달려오는 바람에 멋쩍게 뒤통수를 긁으며 헛걸음으로 돌아서야 했던 것이다. 또 하나 극복해야 할 난관이 있었다. 닭장 안에 들어갈 때마다 무섭게 달려들던 장닭의 기세등등한 모습이었다. 윤기가 자르르 흐르는 화려한 털을 온통 곤두세운 뒤, 눈에 독기를 잔뜩 품고 거침없이 달려드는 수탉은 두려움과 공포 그 자체였다. 낡은 고무신이 바닥에 지천으로 깔린 닭똥에 미끄러지지 않도록 신경 쓰는 일도 매우 중요했다.

달걀 한 개로는 초등학생 한 명만 겨우 들어갈 수 있었기 때문에, 소년은 언제나 두 개를 모아서 팔아 가지고 두 살 아래의 동생과 함께 극장 구경을 갔다. 형제간에 우애가 남달리 좋아서

가 결코 아니었다. 비밀을 누설하는 바람에 약점을 꽉 잡힌 데다, 혼자서는 감당키 힘든 마음의 짐을 나눠 가지려는 공범 심리 때문이었다.

이번에는 너무나 재수가 좋았다. 한꺼번에 달걀을 무사히 두 개나 손에 넣었던 것이다! 형제는 달뜬 가슴으로 극장을 향해 뜀박질을 하였다. 소년 못지않게 영화를 좋아하는 동생은 이미 제정신이 아닐 정도로 흥분해 있었다. 그런 동생을 바라보는 소년의 가슴은 한없이 뿌듯했다.

"달걀 좀 팔러 왔어요."

이윽고 상점에 도착한 소년은 의젓하게 말하면서 호주머니에 손을 집어넣었다. 그런데 아뿔싸! 한 개가 깨져서 흰자와 노른자와 껍질이 범벅이 되어 미끈미끈하게 손에 잔뜩 묻어 나오는 게 아닌가! 아마 조금 전 지나친 전봇대에 자신도 모르게 부딪친 것 같았다.

그때부터 형제의 심각한 고민이 시작되었다. 궁리 끝에 소년이 제안을 했다.

"형이 보고 나와서 진짜로 실감나고 재미있게 얘기해 줄게."

"싫어!"

일언지하에 거절을 당하고 보니 괜히 속내만 들킨 꼴이 되고 말았다. 불신과 실망이 가득한 눈초리로 한동안 형의 안색을 살피던 동생이 뭔가를 골똘하게 생각하더니, 어떻게 해서라도 영화를 보고야 말겠다는 집념 어린 목소리로 타협안을 꺼냈다.

"그럼 이렇게 하자. 형하고 나하고 교대해서 반반씩 보기로."

"그래."

마침내 동생과 합의를 한 소년은 새끼손가락을 몇 번이고 걸어서 다짐을 한 뒤에 먼저 극장 안으로 들어갔다. 영화는 너무나도 재미있었다. 소년은 점차 영화 속으로 빨려들어갔다. 그리고 영화가 끝나고 바깥으로 나와서야 비로소 동생과의 약속이 생각났다. 황급히 주위를 둘러보았지만 동생은 그림자도 보이지가 않았다. 소년은 눈앞이 캄캄해지며 그만 자리에 주저앉고 말았다. 정신을 좀 차린 뒤에도 바로 집으로 가지 않고 괜스레 여기저기 쏘다니며 시간을 보냈다.

날이 점차 어두워지고 있었다. 소년은 무거운 발걸음으로 천천히 집으로 향했다. 집으로 가는 길이 그렇게 멀고 길게만 느껴질 수가 없었다. 동생에 대한 미안한 마음도 조금 있었지만, 그보다는 이제 일이 크게 벌어지고야 말았다는 불길한 예감이 더욱 크게 다가왔다.

예감은 적중하였다. 소년은 각오를 단단히 하고는 마당으로 들어섰다. 기어들어가는 목소리로 겨우 인사를 한 뒤, 스스로 바지를 걷고 닭장 앞으로 걸어가 철망을 두 손으로 세게 그러쥐고는 이를 꽉 깨물었다.

"이 달구새끼보다도 못한 눔아!"

이윽고 어머니의 빗자루 몽둥이가 장딴지 위로 날아들기 시작하였다.

"그 귀하디귀한 달걀을 팔아서 아무 쓰잘 데기두 읎는 귀경을 햐?"

더하지도 덜하지도 않은 강도를 유지하며 어머니의 매질이 계속되었다.

"어쩐지 그동안에 이상하다 했더니, 바로 니눔 짓이었구나!"

장딴지에 통증이 심해질수록 소년의 가슴을 짓누르던 불안감은 조금씩 사라져 갔다.

"이 으리 읎는 놈아! 그래, 지 동상을 헌신짝처럼 내팽개치고 혼자서 귀경하니 그리도 재미있더냐, 응?"

마침내 소년의 두 눈에서는 닭똥 같은 눈물이 주르룩 흘러내렸다. 그때 홰 높이 올라앉아서 저녁을 맞이하고 있던 장닭이 어둠 속에서 소년을 도도하게 내려다보며 힘차게 울었다.

"꼭~끼~요~오~오~옥!"

첫닭이 우는 소리

서지원

전국시대 말, 제나라의 맹상군孟嘗君은 천하의 호걸들을 불러들여 그들을 우대함으로써 식객 3천 명을 거느린 것으로 유명하다. 또 소왕昭王의 부름을 받아 진秦나라로 가서 재상에 임명되었으나 그가 제나라의 귀족이므로 결국에는 진나라에 해를 끼칠 것이라는 다른 신하의 말을 들은 소왕에 의하여 감옥에 억류된 뒤 죽음을 기다리던 중, 거느리고 갔던 식객의 도움으로 탈출에 성공하였는데, 그 성공의 포인트가 바로 계명구도鷄鳴狗盜라는 고사성어를 남긴 것으로도 유명하다.

구도狗盜란 소왕의 결정을 돌리기 위하여 왕이 총애하는 후

궁의 요구에 따라 여우의 은빛 갓옷狐白裘을 훔쳐야 했으며, 이를 안 식객 중 하나가 개의 껍질을 쓰고 궁중의 수장고로 들어가 개의 소리와 시늉을 내어 경비병을 속이고 은빛 갓옷을 훔쳐낸 사실을 뜻한다.

여우의 은빛 갓옷을 주고 감옥에서 풀려난 맹상군은 즉시 이름과 통행증을 바꾼 뒤 죽을힘을 다하여 수도를 벗어나 국경 쪽으로 탈출하였다. 한편, 그를 풀어 준 것을 후회한 소왕이 곧바로 군사를 급히 풀어 추격을 시작하였다.

함곡관을 벗어나면 조나라 땅. 맹상군 일행이 관문 가까이에 이르렀을 때는 칠흑 같은 어둠이 앞을 가리고 있었다. 관문을 지키는 병사에게 다급한 음성으로 소리쳤다.

"빨리 관문을 열어 주시오."

"안 되오. 이 관문은 첫닭이 운 뒤라야 열 수 있소."

"지금 급한 왕명을 받고 가는 일이오. 일각도 지체할 수 없소."

"그런 건 우리가 알 바 아니오. 우리는 국법을 따라야 하오."

아무리 사정하고, 아무리 얼러 봐도 소용이 없었다. 돈으로 매수하려 해도 목숨과는 바꾸지 않겠다며 막무가내였다.

"닭이 울기 전에는 절대로, 절대로 열 수가 없소."

첫닭이 울기에는 아무래도 너무 이른 밤이었다. 멀리 추격병의 횃불이 일렁거렸다.

일촉즉발의 위기가 시시각각 다가오는 사이, 관문 가까이 어디에서 "꼬끼요" 하고 닭 우는 소리가 들렸다.

"첫닭이 울고 있지 않소? 자, 이제 관문을 열어 주시오."

맹상군이 재촉하자 문을 지키던 장수가 고개를 갸우뚱했다.

"오늘따라 이렇게 빨리 첫닭이 울다니……."

잠시 뒤, 마을 한가운데서 한 차례 닭 우는 소리가 들렸고, 잇따라 곳곳에서 닭 우는 소리가 다투어 쏟아져 나왔다.

맹상군의 식객 하나가 어둠 속에 몸을 숨긴 뒤 목을 길게 뽑아 닭 우는 흉내를 내었던 것인데, 이것이 바로 계명鷄鳴이다.

이 고사성어를 두고, 사람답게 처신하는 사람이라면 배워서는 아니 될 천한 기능을 가진 사람, 또는 이런저런 사람이 많이 모이다 보면 별난 재주를 가진 사람도 있다는 뜻으로 쓰이는 것 또한 잘 알려진 사실이다.

그런데 사마천의 『사기』에 기록된 문장 행간의 분위기와 당시의 역사적 정황, 그리고 닭의 생태학적 · 생리적인 고찰을 통하여 이 닭 울음소리를 다시 생각해 볼 필요가 있겠다.

예로부터 새벽을 맡는다는 닭이란 게 여간 영물인가?

당시 맹상군의 식객 하나가 "꼬끼요" 하고 닭 울음을 내어놓았을 때, 잠에서 깬 닭들이 서로 쳐다보며, '저건 아냐. 저건 아냐' 하는 뜻으로 저희들끼리 가만히 '골골골골' 거렸던 것이다. 그리하여 사람의 그 흉내에 속지 않으려고 모든 닭들이 터져 나오는 울음을 참기 위해 목젖을 내려앉히고 있었다. 그런데 성미 급한 한 녀석이 그만,

"곡기오曲欺誤!"

하고 외마디 울음을 내놓았다. 중국 토종닭답게 표의문자(?)식으로 '왜곡! 기만! 오류!' 라는 의미로 소리를 내질렀던 것이다. 이를 받아 주위의 닭들이 같은 소리로 외치게 되었는데, 사람이 얼핏 들으면 그 소리가 그 소리인지라 당시 함곡관을 지키고 있던 경비병이 별 생각 없이 문을 열어 주었다는 것이 나의 해석이다.

혹시 시골 같은 곳, 닭이 서슴없이 어둠을 가를 수 있는 곳에

가서 하룻밤 잘 기회가 있거든 좀 고단하시더라도 이른 새벽에 깨어나 닭 우는 소리를 가만히 들어 보시라. 지금 세상에 맹상군의 식객처럼 굳이 닭 울음소리를 흉내낸 뒤 국경을 넘어 북으로 튀어 달아나겠다는 넋빠진 사람이야 없겠지만 남을 속이고, 남의 언행을 훔쳐 득을 보겠다는 사람이 워낙 많은 세상인지라 닭이 과연 무슨 소리로 우는지 가만히 귀기울여 보시라는 것이다.

계공鷄公들의 비상회의

—

서지원

오늘 우리의 계공들은 여느 때와 다름없이 부드러운 신선의 우의羽衣를 입고 붉디붉은 홍관紅冠을 쓴 채 이곳저곳에서 펄펄 날아들었다. 회의장으로 들어서는 그들은 화가 머리끝까지 치밀어올라 분노를 삭이느라 골골골골거렸다.

계공들을 오늘따라 이렇게 부른 것은, 그들을 약간 위로하고 달래는 뜻이 있기는 하지만 세상에 우공도 있고 견공도 있는데 우리의 이 친근하고 이로운 가금家禽에 대하여 공公이라는 헌사를 써서 예우한들 무슨 허물이 있겠는가 하는 뜻에서인데, 그들은 그런 것 따위는 아랑곳하지 않고 저마다 화를 삭이느라 부리를 돌부리에 비비거나 발가락으로 땅을 긁어대었다. 중국에서 가짜 달걀이 무더기로 만들어지고, 그 달걀로 인한 피해가 엄청 나다는 소문 때문에 모인 것이다.

"우리의 소중한 알이 이 지경에 이른 것에 대하여 무슨 대책이 없는지 기탄없이 말씀해 주기 바라오."

전년도 투계에서 우승한 경력을 가진 장닭이 나서서 외치자 암탉들로부터 한창 인기가 좋은 장닭이 기다렸다는 듯이 대꾸했다.

"매일 아침마다 통곡을 해도 시원치 않을 일이오. 우리의 사랑하는 암탉들이 힘을 다해 만들어 내는 그 귀여운 알이 인정을 받지 못하게 생겼소. 또 우리 장닭으로서는 늑골이 휠 만큼 정력을 소모하면서(그래서 닭의 갈비뼈는 먹을 게 없는가 보다) 한 번씩 치르는 그 짓(그들은 계간鷄姦이라는 표현을 쓰지 않는다)도 아무런 의미가 없어진단 말이오."

여러 마리의 암탉이 꼬꼬꼬 하고 작은 소리로 호응했다.

"그건 중국에서 일어난 사건인데 우리가 굳이 걱정할 필요가 있겠소?"

서양종과의 튀기인 듯한 한 계공이 대수롭지 않게 대꾸하자, 자기의 조상이 서해의 외딴 섬에서 살다가 중국 산동성에서 울려오는 닭 울음소리를 들었노라고 자랑하던 계공이 앞으로 나왔다.

"국적을 떠나 우리의 정체성에 관한 문제요. 우리 모든 닭이 다 가짜가 된단 말씀이외다."

"우리 모두가 가짜?"

"그렇소. 그 옛날 제후들이 모여 맹약을 할 때면 우리의 피를 은쟁반에 받아 맹서의 징표로 쓰던 그 피의 고귀함, 신선의 우의처럼 부드러운 털을 두른 우아한 자태와 고관의 관모와도 같은 붉디붉은 벼슬의 그 고상함, 새벽마다 인간의 게으름을 깨우는 우리의 성실성, 달걀과 고기를 아낌없이 주어 인간의 배를 불리던 그 헌신 등이 한순간에 사라질 위기에 처했단 말씀이오."

누군가 소리쳤다.

"우리까지 가짜가 될 수야 있겠소? 가짜 달걀로는 병아리를 깔 수 없을 것이니 가짜 닭이 생겨날 수 없지요."

"아, 그렇지! 가짜는 달걀에서 끝나는 것!"

계공들은 일제히 안도의 한숨을 내쉬며 득의의 미소를 나누었다. 그것도 잠시, 다시 반론이 쏟아졌다.

"일이 그렇게 간단하지 않소. 가짜 달걀이라는 것을 알아채지 못한 사람이 부화기에 달걀을 넣어 병아리를 기다린다면 어떤 일이 일어나겠소? 곯은 달걀조차 얻을 수 없을 것이니, 그렇게 되면 달걀에 대한 전반적인 불신이 일어날 것이고, 그것은 곧 그런 달걀을 생산하는 우리에게로 번질 수밖에 없을 것이오."

"그렇게 된다면?"

"달걀은 모두 가짜다, 그런 달걀을 까는 닭도 못 믿겠다, 그렇게 되면 우리는 모조리 도살당할 수밖에 더 있겠소? 저 인간들은 조류독감으로 고생하는 우리를 하나라도 살릴 생각은 하지 않고, 그런 기미만 보이면 천 마리든 만 마리든 우리 동족을 한자리에서 살처분해 버리는 자들이오. 이러고도 우리가 온전하겠소?"

모든 닭들이 긴 한숨을 내쉬었다. 누군가 소리쳤다.

"아, 내게 좋은 생각이 있소. 가짜와 구별이 가능한 우리만의 트레이드 마크를 넣으면 되지 않겠소? 껍질에 붙이든 새겨 넣읍시다."

"오, 굿 아이디어!"

"그렇게 합시다."

저마다 골골거리며 떠들자 누군가 외쳤다.

"그것도 뭘 모르는 소리요. 우리가 트레이드 마크를 어떻게 만들어 새겨 넣는단 말이오?"

"그럼 입센 로랭이라는 명품 제조업체에게 부탁합시다."

"하하하하, 그 업체가 아무 물건에나 자기 상표를 마구 붙이는 것을 꼬집어서 '이제 입센 로랭이 할 수 있는 것이라곤 달걀에 상표를 붙이는 것밖에 없다' 는 말을 듣고 하시는 말이군."

모두가 일제히 웃음을 터뜨렸다.

"이런 때일수록 발상의 전환이 필요하오. 그 중국인들에게 이렇게 제안합시다. 달걀만 만들 게 아니라 아예 닭까지 만들라고. 그러면 진짜와 가짜의 구분이 더 확실해지지 않겠소?"

"가짜 닭까지 만들라? 그러면 우리가 확실한 진짜로 인정받을 수 있다는 말이오?"

"그렇게 되지 않을까……?"

"혹시 누가 진짜냐는 진짜 논쟁이 일어나서 더 혼란스러워지지 않을까?"

"그래, 맞아. 인간들은 아직 닭이 먼저냐, 달걀이 먼저냐는 그 지겨운 논쟁도 끝내지 못한 모양이던데. 가짜 진짜 닭과 달걀까지 생긴다면 허구헌 날 DNA 검사만 하느라고 세월을 보낼 거야. 저들이 지어낸 짓이기는 하지만 인간이 너무 지치게 되는 것이 아닐까?"

"그럴까?"

"그럼. 이젠 우리가 저 불쌍한 인간을 걱정할 때가 되었어."

가짜 달걀로 빚어진 닭들의 어지러운 회의는 아직도 계속되고 있다.

봉황이 된 닭

안영실

송매는 날이 밝기도 전에 일어났다. 밤새 한숨도 자지 못했지만 세수를 마친 송매의 얼굴은 달처럼 빛났다. 서산으로 넘어간 달이 사립문을 열고 들어온 듯 그윽한 자태였다. 청동거울을 들여다보던 송매는 입술을 깨물었다. 두고*를 여미다가 송매는 벌떡 일어났다.

"그럴 수는 없어. 왕감 오라버니가 다치게 둘 수는 없어."

울먹이면서 송매는 내리닫이 차파에 마갑을 차려입었다. 굽이 높은 화분저혜花盆底鞋를 신고 송매는 서둘러 집을 나섰다. 옷을 차려입은 송매는 누가 봐도 종으로 보이지 않았다. 누더기

차림으로 관가에 가야 하는 송매의 처지를 안타깝게 여기던 주인마님이 죽은 딸의 옷을 내준 것이었다.

종일토록 걸어 송매가 당도한 때는 해거름이 되어서였다. 송매는 들고 온 보퉁이를 열어 산삼을 내보였다. 어려서부터 심마니 아비에게서 배운 기술로, 송매는 가끔 산삼을 캐오곤 했었다. 이번 산삼은 아비가 멀리 백두산까지 가서 찾아온 진귀한 것이었지만, 포정사는 보퉁이 따위는 거들떠보지도 않았다. 송매는 이를 악물었다. 그리고 왕감을 살려 준다면 원하는 것을 주겠다고 말했다.

"그래, 무엇이든 말이냐"?

포정사는 관모에 달린 화령花翎이 흔들리도록 웃어댔다.

"오늘밤은 어떠냐?"

송매의 곁에 놓인 보자기에 싸인 닭들이 푸드덕거렸다. 회색 몸집에 붉은 눈을 한 닭들은 무역선을 타고 온 코쟁이들이 내놓고 간 선물이었다. 보자기 속에 몸을 결박당한 닭들은 갑갑한 날갯짓을 하고 있었다. 묶인 닭들의 붉은 눈을 쳐다보던 송매는 희미하게 고개를 끄덕였다. 왕감을 살릴 수만 있다면 그깟 몸뚱이를 묶는 일쯤은 아무것도 아니라고 생각했다.

송매는 내관을 따라 내실로 들어갔다. 배회화徘徊花 꽃잎을 띄운 소나무 목욕통에서 단장을 끝낸 송매는 천상의 기품마저 엿보였다.

"저런, 선녀가 따로 없네. 어찌 이리 고우실까요."

시중을 들던 계집종이 탄성을 질렀다. 송매는 훈롱熏籠에서 따스한 기운이 퍼져 나오는 방으로 인도되었다. 등롱은 야드르르한 비단 금침 위에 앉은 송매의 그림자를 길게 늘여놓았다. 가볍게 흔들리는 자신의 그림자를 바라보며 송매는 저고리 옷섶을 여몄다. 쿵덕거리는 가슴이며 흔들리는 마음도 여며 다독였다. 그때, 방 밖에서 계집종들이 수군거리는 소리가 들렸다.

"그런다고 불타 죽은 사람이 살아올 것도 아닌데 헛짓이죠. 너무 늦은 걸 정말 모를까요?"

송매는 깜짝 놀라 방문 근처로 가서 섰다. 이어서 "제 남자 핑계로 팔자 펴자는 속셈인지도 모른다고요" 하는 소리가 들렸다. 송매는 방문을 열었다.

"무슨 말이요? 내 오라버니가 불타 죽었다는 말이오?"

"방문 밖의 계집종들이 흩어졌다. 방문을 넘는 송매의 다리가 휙 꺾였다. 송매는 긴 마루를 휘청거리며 걸어 나갔다.

"왕감 오빠아……왕감 오빠아……."

속곳 차림의 그녀는 소리치며 마당으로 뛰쳐나갔다. 달을 등지고 휘적휘적 걷던 송매는 마당 귀퉁이에 가둬 놓은 회색 닭들 사이로 푹 쓰러졌다. 닭들이 놀라서 후드득거리며 흩어졌다.

언제부터인가 백두산에는 상서롭고 아름다운 소리를 내는 봉황이 나타났다. 사람들은 그 새를 '인삼조' 라고 불렀다. 그 새의 소리를 따라가면 산삼을 캘 수 있다는 소문이 돌았다. 새의 울음소리를 따라가 인삼을 캐서 부자가 되었다는 사람의 이야기가 입에서 입으로 전해졌다. 그 새의 울음소리는 누군가 사람을 부르는 소리처럼 들린다고 했다. 전설에 의하면 청나라의 송매라는 여종이 죽어서 새로 변한 것이라고 했다. 연인이 불타 죽었다는 소식을 듣고 송매는 충격으로 마당에 쓰러져 죽었다. 바로 그때 그녀의 영혼은 겅중거리며 그 곁을 뛰어다니던 회색 닭 속으로 들어갔다는 것이었다. 지금도 심마니들은 왕감 오빠를 애타게 부르는 송매의 울음소리를 찾으며 백두산을 헤매고 있다.

"와아앙가아암 오파아아 오파아아~"

최근에 백두산에서 그 '인삼조'를 찾아 사진을 찍었다는 사람이 나타났다. 사진 속의 인삼조는 꼬리가 길고 날개가 더 크다는 점을 제외하면 미국이 원산지인 플리머스록종의 닭처럼 보인다. 깃털은 회색이고 벼슬과 눈은 빨간색인 사진을 두고, 인삼조는 있다 없다에서부터 사진이 합성이냐 아니냐를 놓고 아직도 긴 설왕설래가 벌어지고 있다고 한다.

---

* 두고 : 머리띠

투계鬪鷄의 전설

유경숙

"오늘은 내 저놈의 목을 요절내고 말 것이다."

칼을 갈던 이씨는 손끝에 칼날을 쓱쓱 쓸어 보며 중얼거렸다. 어제 아침 분기가 아직도 풀리지 않은 모양이다. 모이를 주러 닭장에 들어갔던 아내가 비명을 지르며 뛰쳐나왔다. 하지만 벌써 종아리엔 피가 흐르고 신발 한 짝도 벗겨진 채였다. 그놈이 또 아내의 맨종아리를 쫀 것이다.

귀농한 지 3년차인 이씨네는 작년 봄에 집을 지었다. 박달산 기슭에 터를 잡아 벽돌집을 짓고 마당 귀퉁이에 조그만 닭장도 붙여 지었다. 노란 병아리 열두 마리를 사다 키웠는데 세 마리는 죽고 두 마리는 살쾡이에게 물려갔다. 나머지 일곱 마리 중 암탉이 여섯이고 수탉이 한 마리였다. 6:1의 성비가 가금류의 황금 비율인 양 한우리에서 잘 자랐다. 가을부터는 알도 낳기 시작했다. 금방 낳은 따듯한 유정란을 받아먹는 재미가 쏠쏠했다. 아토피를 앓고 있는 아이들에게도 마음놓고 먹일 수 있어서 씨닭으로 삼기로 하고 애지중지 키웠었다.

그토록 평화롭던 닭장에 수탉 한 마리가 새로 들어오며 평화의 공조가 깨졌다. 먼저 귀농해서 이씨네를 불러 내린 장 선배가 더 이상 농촌 생활을 견디지 못하고 다시 귀경하며 닭 한 마리를 맡기고 갔다. 놈은 이 집에 오는 첫날부터 말썽을 피웠다. 초등학교 이 학년짜리 아들의 볼을 찍어 피를 낸 것이다. 주인을 잃고 환경이 바뀌어서 예민해져 그렇겠거니 하고 측은히 여겼다. 다른 놈보다 모이도 많이 주고 홰도 따로 마련해 주며 특별히 보살폈다.

그런데 놈은 점점 더 가관이었다. 아예 제 놈이 주인인 양 터주 수탉을 암탉 근처에도 못 가게 막았고 털을 뽑아 중대가리로 만들어 놓았다. 걸핏하면 날개로 돌풍을 일으켜 구석으로 몰아

붙이고 대가리를 쪼아댔다. 처음엔 제법 대거리를 하던 터주 수탉도 볏을 갈기갈기 찢겨 피를 흘리고는 놈을 피해 감나무 위로 올라가 버렸다. 암탉 여섯 마리를 혼자 거느린 놈은 이제 제왕 노릇을 했다.

놈은 날개의 힘뿐만 아니라 목청도 대단했다. 고요하기만 하던 박달산 골짜기를 쩌렁쩌렁 뒤흔들었다. 농사일에 지쳐 곯아떨어진 농부들 단잠을 무참히 깨웠다. 몇몇 노인들은 노골적으로 마땅찮은 기색을 드러내며 닭장 주위를 맴돌았다. 강 건너 십 리 밖까지 울음소리가 들린다며 괴소문이 퍼져 갔다. 놈의 울음소리를 자세히 관찰한 어떤 이는 요괴妖怪가 아닐까 하는 의문을 갖고 찾아오기까지 했다. 목소리만 우렁찬 게 아니라 생김새도 기생오라비처럼 늘씬하게 빠졌다. 기다란 목에 붉은 벼슬이 성스러운 관冠을 쓴 듯 위엄까지 서려 보였다. 목덜미 깃털에서부터 흘러내린 윤기가 꽁지까지 잔물결을 이뤘다.

심성 여린 이씨는 수탉 때문에 고민이 많았다. 놈을 어떻게 할 것인가? 그러나 지금은 단호했다. 아침부터 아내의 종아리에 피를 낸 놈을 절대로 용서할 수가 없다며 칼을 가는 어깨에 힘이 잔뜩 들어가 있다. 아내의 늘씬한 각선미에 반해 프러포즈를 했던 이씨는 그것만은 참을 수 없다며 노기등등했다. 그는 서울 사는 큰동서를 불러 내렸다. 토요일 정오쯤에 도착한다는 전화를 받고 물을 끓이고 칼을 가는 중이었다. 올해 환갑을 넘긴 큰동서는 농촌 출신이어서 닭을 많이 잡아 보았다고 했다.

큰동서 서씨가 닭장에 들자 놈이 구석으로 피하며 바로 꼬리를 내렸다. 단번에 놈을 낚아챈 서씨는 능숙한 솜씨로 양 날갯죽지를 왼손으로 움켜잡았다. 오른손 손바닥을 세워 손바닥칼로 척추 급소를 내리쳤다. 탁 탁 두 번의 세례를 받은 놈이 "빽" 하고 단음을 내며 모가지를 떨구었다. 그렇게 꼿꼿하게 치켜들고 목청을 높이던 모가지가 서리 맞은 풀잎처럼 힘없이 꺾였다. 펄펄 끓는 물이 마당의 수돗가로 날라져 왔고 잘 벼린 칼도 준비되었다. 서씨는 축 늘어진 닭의 모가지에 칼날을 예리하게 날렸다. 대가리가 툭 잘려 나가는 순간 아뿔사! 푸드득! 몸을 일으킨 놈이 대가리 없는 모가지를 치켜들고 비호같이 마당을 가로질러 탱자나무 울타리에 몸뚱이를 처박았다. 다시 벌벌 일어나 몇 발짝을 걸어 짚가리에 모가지를 쑤셔 박고 버둥거렸다.

그날 저녁 오가피백숙으로 식탁에 올려진 놈은 진한 냄새를 피웠다. 누런 기름이 둥실둥실 뜬 국물에 기골이 장대하고 때깔 좋은 놈이 반쯤 잠겨 있었다. 그러나 아무도 젓가락을 대지 않았다. 열무김치에만 젓가락이 부지런히 오갔다.

그때 서울의 장 선배에게서 전화가 왔다.

"아! 내 닭 잘 있제? 연말에 청송에서 열리는 닭쌈 경기에 출전시킬 놈이야. 그때까지만 잘 좀 키워 주게나. 그래 봬도 그놈이 족보 있는 놈이야."

"아! 그러면 진즉 쌈닭이라고 말씀해 주셔야죠. 하도 사람을 찍고 우리 닭들을 못 살게 굴어서 오늘 그만……."

이씨는 더 이상 대답을 못하고 담배에 불을 붙였다. 두터운 입술로 첫 모금을 깊게 빨아들였다.

이씨는 밤이 깊도록 큰동서와 술잔을 주고받았다. 자정 너머까지 술자리가 이어졌다. 거실 바닥에 시나브로 쓰러진 이씨가 빈 잔을 손에 든 채 잠이 들었다. 이따금 코 고는 소리와 함께 이씨의 손이 허공을 휘저었다. "안 돼! 안 돼! 그것만은 절대로 안 돼! 이놈아!" 하며 잠꼬대를 했다. 꿈결이 길어지는지 이번엔 뿌드득 이빨까지 갈았다. ……이씨는 평상에서 아내와 커피를 마시고 있었다. 꽃무늬 프린트 치마를 입은 아내는 맨발에 슬리퍼를 신고 평상에 걸터앉아 강낭콩을 까고 있었다. 종아리가 보일 듯 말 듯한 집시 치마였다. 몸이 약한 아내는 헐렁한 집시 스타일 옷을 즐겨 입었다. 그리고 평상에 앉아 해바라기하기를 일과처럼 했다. 그런데 난데없이 탱자나무 울타리에서 수탉 한 마리가 쏜살같이 달려 나와 아내의 치마 속으로 파고들었다. 대가리 없는 모가지를 치켜들고 붉은 피를 뚝뚝 흘리며……. 이씨가 빠드득 이빨을 갈며 크게 뒷발질을 치는 바람에 발밑에 있던 막걸리 주전자가 나동그라졌다. 무늬목 거실 바닥에 술이 흥건히 배어들었다.

헛기침을 하며 마당으로 나온 이씨는 수도꼭지를 틀고 찬물을 벌컥벌컥 들이켰다. 백숙이 든 솥을 들고 나와 채마밭을 파고 고기를 묻으며 혼잣말을 중얼거렸다.

"그러면 그렇지, 종자의 기질이 분명한 놈이었는데……."

고요한 박달산 기슭엔 어둠이 정점을 지나고 있었다.

가물가물~~ 반짝반짝

윤신숙

독백_방앗간 집 수탉

나는 다행인지 불행인지 전생을 기억하는 능력 때문에 아직도 준수한 외모임에도 불구하고 싱글로 살고 있다. 닭의 운명으로 스무 번 정도 태어나고 죽다 보니 잊혀지지 않는 사연이 내게도 있었다. 1920년대 말, 나는 하느님 뜻으로 수탉으로 태어나 어느 방앗간 집에 소속되었다. 평화롭게 지내던 어느 날, 주인 양반 생일이라 내 운명이 코앞에 닥쳤다. 열 살쯤 된 그 집 맏딸 수남 아씨는 삽살개보다 잘생긴 날 더 좋아해 매일 껴안고 동네 곳곳을 쏘다녔다. 내 깃털은 비긋비긋 누런 빛이 많아 건강해 보이긴 했지만 동네 사람들은 나를 촌닭이라고 불렀다(그 아이 피부는 뽀얀 소젖처럼 내 맘을 설레게 했다). 그날 내가 잔칫상에 올려질 것을 눈치챈 수남 아씨는 날 데리고 벼 벤 허허로운 들판으로 데려가 놓아 주며 멀리멀리 도망가라 손짓했다. 아씨는 우느라 말을 못 이었다. 그녀와 헤어지긴 정말 싫었지만 그보다 종종 선배들 모가지가 비틀려 뜨거운 물에 튀겨지는 걸 보았기에 그렇게 죽긴 더욱 싫어 사람 눈에 띄지 않기 위해 얼마나 걸었는지 주저앉아 보니 내 발이 돼지 발인 듯 퉁퉁 부었었다.

떠돌이 신세가 된 난 불안한 마음을 떨치려 주인 눈을 피해 암탉들을 건드렸고 모이도 훔쳐 먹었다. 내가 사랑한 암탉은 후~후~후~ 셀 수가 없다.

다행히 목숨은 부지하고 살지만 이젠 나도 늙었다. 바람둥이 수탉으로서의 생활도 지겨워졌다. 그래도 다행인 것은 튀겨질 공포에서 해방돼 이젠 명을 다할 때가 됐으니 그것이 얼마나 감사한지……. 지금 난 떠돌이 바람둥이 수탉들의 우두머리다. 사는 동안 혼자 너무 고생했기에 나 같은 후배들을 위해 살아남기 위한 경험을 들려주고 서로 돕고 살도록 조직을 이끌어 왔다.

그러나 한 마리 암탉을 잘 보듬는 가장으로서 책임지지 못한 죄, 도둑질한 죄책감에 이제라도 좋은 일만 하고 싶다. 마침 그 옛날 생명의 은인이었던 방앗간 집 수남 아씨가 92세 나이로 다시 아기가 되려는지, 간신히 먹여 주는 음식만으로 연명하고 있다는 소식을 들었다. 할머니가 된 소녀는 꿈속에서 간절히 SOS를 나에게 부탁했다. 기회가 온 것을 기뻐한 나는 내 부하들 중 가장 힘센 수탉 12마리를 골라 4주 동안 날 수 있는 비상 교육을 시켰다. 드디어 나까지 13마리 기장들 준비 완료.

92세 할머니의 혼잣말 _ 중얼중얼

누가 그랬던가. 90대 나이는 생사生死의 평준화라고, 산 년이나 죽은 년이나 둘 다 못 움직이는 건 마찬가지란 뜻이겠지. 그렇지. 나 또한 명을 다하지 못해 정신만 가물가물할 뿐 거의 산송장이나 다름없지. 그나마 좋은 세상 만나 안락한 요양원에서 자식들 눈치 안 보고 아기처럼 보호받으니 고마울 따름이다. 안타까운 건 가끔 아이들이 에미 본다고 찾아올 때 잠깐 정신이 들어 알아보면 반갑다고 좋아들 하지만, 제정신을 잃고 사온 음식만 꾸역꾸역 먹어 대면 '어머니 그럴 바에는 빨리 편안한 곳으로 가세요' 라고 죄스러운 표정을 애써 감추듯 하는데 난 그 마음 백 번 이해하고도 남지. 섭섭하지 않아. 나도 그러고 싶거든. 기적처럼 머리가 맑아져 간신히 몸 추스르고 앉아 흐릿한 눈빛으로 주위를 보면 이웃한 노인들이 다들 누워 뭣들 하는지 한심하기 이를 데 없지. 내가 빨리 데려가야지. 나마저 가끔 들어오는 빛마저 사라져 저렇게 되면 기댈 사람도 없고…… 함께 가면 죽음도 두렵지 않아. 머지않아 우린 별나라로 갈 거야. 그동안 가물가물한 의지로 밤마다 꿈꾸며 멋진 동물들과 뛰놀며 은밀한 교류를 해왔거든. 이달 26일에 치매 등급 순서대로 13명의 할머니들이 예약됐지. 내가 대표로 뽑혀 그들 대표와 모의하고 있지~

요양원의 26일

원장은 음악을 좋아한다. 치매 노인들을 위해 매일 종교음악과 동요, 유행가 또는 클래식 등 시끄럽지만 않으면 장르를 가리지 않고 들려준다. 노인들이 말은 못하지만 귀가 열려 있다고 생각하기 때문이다. 오늘따라 원장은 이상한 예감을 했는지 차

이코프스키의 교향곡 6번 B단조 〈비창〉 Op.74를 CD 플레이어에 넣었다.

~~~♪♩♬ ~~~ ♪♩♬ ~~~♪♩♬
♪♬ ~~ ♪♩♬~~~ ♪♩♬

침대에 누워 있던 13명의 할머니들이 어떤 꿈을 꾸는지 눈꺼풀들이 실룩실룩, 가슴들이 벌렁벌렁.

으응~으응~신음 소리. 뭔지 모르지만 귀에 들려오는 소리가 신비롭다.

13마리 수탉들이 각자 할머니 한 분 한 분을 번쩍 들어 이륙 준비를 하고 있는 중이다. 우두머리 닭이 부하 닭들에게 사인을 보냈다.

다 같이 이륙하면 두려울 게 없지. 동반 26 비상 개시!

따리라 리라라라라♬♪ ~~~ ♬♩♪ ~~~ 따라리라라라라라라
날개가 서서히 펼쳐진다.
~~~

—좌악—

——좌~악——

————촤~아~악————

마술 부리듯 〈비창〉 4악장의 리듬을 타고 날개가 붕새처럼 크~게 펼.쳐.졌.다.

부~우~~웅 높이 올라갔다.

수탉 목을 꼭 잡은 할머니들이 오르고 오르고 또 오를 때마다 함성을 질렀다.

꿈인가 생시인가 서로 쳐다보며 의아해했다.

'아, 얼마만큼 누워 있었던가.'

'이렇게 날아오를 줄 누가 알았던가.'

'우리도 이제 엄마한테 가겠네.'

저 아래 불빛들이 가물가물~ 멀어지네.

저 위 별빛들이 반짝반짝~ 다가오네.

닭

이시백

꽁지 빠진 수탉이 있었다. 처음부터 꽁지가 빠진 것은 아니었다. 그 수탉의 꽁지가 빠진 사연은 이러했다.

어느 농가의 아낙이 닭을 길렀는데, 암탉은 여덟에 수탉이 둘이었다. 수탉들은 죽겠다고 사흘 동안 모이도 안 먹고 싸운 끝에 승부를 냈다. 하나는 이기고, 또 다른 하나는 졌다. 싸움에 이긴 수탉은 틈만 나면 싸움에 진 수탉을 쪼아댔다. 처음에는 볏을 쪼다가 달아나면 반드시 쫓아가 꽁지 깃털을 뽑아 놓고 말았다. 꽁지 없는 수탉은 보잘 것이 없었다.

결국 꽁지 빠진 수탉은 집에서 뛰쳐나왔다. 밤이면 나무에 올라가 잠을 잤고, 해가 뜨면 주변을 빙빙 돌았다. 어쩌다 암탉들에게 다가가려다 득달같이 달려오는 힘센 수탉에 쫓겨 꽁지가 빠지게 달아났다. 때는 봄이라 암탉들이 병아리를 거느리고 개나리꽃 울타리 밑에서 홰를 치며 노는데, 꽁지 빠진 수탉은 그늘로 숨어 다녔다. 아낙이 꽁지 빠진 수탉이 보기 딱해, 별난 먹이가 있으면 따로 불러 먹이곤 했다. 힘센 수탉이 오면 발로 걷어차면서 꽁지 빠진 수탉을 보살펴 주었다. 그 후로 꽁지 빠진 수탉은 아낙이 일하는 부엌 쪽만 맴돌게 되었다. 아낙이 장에 갔다 돌아오면 집의 개보다 먼저 알고 달려 나가 반겼다.

그러던 아낙의 집에 손님들이 왔다. 손님 하나가 마당에서 노는 닭들을 보며 한 마리 잡아먹자고 했다. 이 말에 주인은 그러라고 했다. 어느 닭을 잡느냐는 손님의 물음에 아낙은 조금의 망설임도 없이 꽁지 빠진 수탉을 가리켰다. 그날 목이 잘린 채 밥상에 올린 수탉 곁에 아낙은 덧없이 지는 벚꽃 한 송이를 얹어 두었다.

그거 아세요, 나무꾼과 선녀 뒷이야기

이진훈

제가 오늘 입담 좋은 친구들과 등산을 갔었지요. 그 가운데 박 첨지라고 불리는 글쟁이가 있었는데 무슨 이야기 끝에 불닭발 먹은 이야기를 하다가 나무꾼과 선녀 뒷이야기를 아느냐고 질문을 받았지요. 나도 이야기깨나 하고 글줄깨나 읽었다고 너스레를 떠는 사람 중에 하나이긴 한데 도통 모르겠더라고요. 나야 뭐 그저 나무꾼이 닭 쫓던 개 지붕 쳐다보는 격이 된 데까지밖에 모르거든요. 나무꾼이 너무 착해서 탈이라고, 아무리 눈물을 흘리고 옷을 달라 해도 꾹 참고 사슴인지 노루인지 당부대로 얼른 애 하나 더 만들어 셋이 된 뒤에 줄 것이지 인정도

병이라고 탓만 했던 사람이거든요. 나라면 셋 낳기 전에는 절대 안 줄 거라고 내심 다짐까지 했다니까요. 그러고 보니 제가 애가 셋이네요.

그 박 첨지 이야기를 들어 보니 이렇더라구요.

그렇게 애를 데리고 하늘에 올라간 선녀가 꿈에도 그리던 아버지 어머니 얼굴 보고 형제자매 다 만나고 며칠 살다 보니 애들 아빠가 보고 싶었던 거예요. 애들 역시 제 아버지가 보고 싶어 꼴지락대는 날이 부지기수였고요. 하늘에서 내려다보니 애들 아빠는 식음을 전폐하고 하늘만 쳐다보고 울고 있질 않나, 행여나 다시 목욕하러 내려오지 않을까 산속 호숫가에 와서 주야장천 쭈그리고 앉아 통곡을 하지 않나 딱하기 이를 데 없더라는 것이지요.

그래서 선녀는 아버지 몰래 빈 두레박을 내려보내 남편이 타고 올라오게 했다지요. 둘은 눈물 콧물 흘리며 기뻐하면서 한두 해를 알콩달콩 살았대요. 그런데 사람 사는 게 어디나 같아서 콩깍지가 어느 정도 걷힌 나무꾼은 깊은 산 오두막에 홀로 남겨

두고 온 어머님이 애타게 그리웠던 것이지요. 장인어른께 사정 사정했더니 천마를 내주었다지요. 조건 없이 주었으면 좋으련만 어디 조건 없는 이야기는 맛이 없잖아요. 그 조건이 뭐냐 하면 천마를 타고 가되 절대로 말에서 내려 땅을 디디면 안 된다는 것이었지요.

냉큼 약속을 하고 어머니의 산속 오두막으로 한달음에 내려와 보니 어머님은 반송장이 되어 문밖에서 아들만 기다리고 있는 것이었지요. 말에서 내리지도 못하고 어머니의 얼굴만 부여잡고 서너 식경은 울었겠지요. 장인과의 약속대로 땅을 밟지 못하고 다시 말을 돌려 하늘로 올라가려는데 어머님이 네 좋아하는 팥죽을 끓여 줄 테니 그것 한 그릇만이라도 에미 보는 데서 먹고 가라고 통사정을 하더랍니다. 두 해 넘게 먹어 보지 못한 팥죽 소리에 귀가 번쩍 뜨인 아들은 팥죽을 다 쑬 때까지 말 위에서 기다렸다는 거예요. 드디어 어머니께서 급히 팥죽 한 그릇을 떠오자 그것을 먹으려다 그만 너무 뜨거워 팥죽 그릇을 놓치고 말았다네요. 그 바람에 천마의 등에 팥죽이 쏟아지고 놀란 천마가 내달리는 통에 고삐를 놓친 나무꾼은 그만 땅 위로 굴러 떨어지게 되었던 것이지요.

별수 있나요? 하늘로 올라가기는 다 틀렸고 나무꾼은 밤낮으로 하늘만 쳐다보다가 죽어 수탉이 되었다네요. 수탉이 되어서 지붕이나 담장 위에 올라가 하늘을 향해 머리를 쳐들고 있다가 새벽녘이 되면 울고불고했다네요.

허참! 이 이야기를 나는 왜 쉰이 넘도록 듣질 못했는지 모르겠어요. 그러고도 글줄이나 읽었다고 자랑을 하고 다녔으니 한심도 하지요. 그래서 그 뒤로 만나는 사람마다 물어 봤더니 나만 그런 것이 아니고 열에 여덟아홉은 모르더라구요. 그래서 이렇게 널리 알리려고 이 글을 쓰는 것이지요.

그런데 그 수탉이란 놈이 참 신통방통한 데가 있어요. 꼭 우리네 아버지들 같아요. 서울에서 만날 켄터키 프라이드 치킨인가 뭔가만 뜯어먹어 본 사람은 모르겠지만 시골에서 살면서 닭을 길러 본 사람들은 다 알지요. 수탉이란 놈은 참 부지런해요. 새벽 한때만 되면 가장 먼저 일어나 큰 울음소리로 닭장 안의 닭들을 다 깨우고 주인 식구들까지 모두 깨워 주지요. 시계가 없던 시절 수탉은 동네방네 시계였지요.

어디 그뿐인가요. 여기저기 흙구덩이를 파서 땅속 벌레들을 잡아놓고는 암탉과 병아리들을 불러모아 먹이고는 다른 데 가서 또 땅을 파서 벌레를 잡아놓곤 하지요.

사납기로 말하면 둘째가라면 서러워하지요. 하늘의 매나 동네 개들이 암탉이나 병아리를 낚아채려 하면 온몸의 털을 곧추 세워 볏이 찢어지고 발톱이 빠지도록 싸워 대서 물리치지요. 부지런하고 개척적이고, 가족 보호에 몸을 사리지 않는 저 옛날 수탉들, 이젠 어디 가서 보지요?

기름에 튀긴 치킨만 뜯어먹을 줄 알았지 장닭들을 보질 못해서 그런가 나를 비롯해 요즘 남정네들 왜 이리 쩨쩨해졌지요? 불닭발이라도 먹고 힘을 내 볼까요?

오늘 저는 이야기꾼 박 첨지에게 나무꾼과 선녀 뒷이야기 들은 값으로 친구들에게 불닭발에 소주를 샀습지요. 취중이라 그런지 이제 장닭처럼 살아야 할 힘이 생긴 듯도 해요.

싸움닭의 말로

-

정성환

어느 마을에 별난 수탉 한 마리가 있었다. 이놈은 성질이 아주 고약하여, 이미 병아리 때부터 다른 수평아리들에게 싸움을 걸거나 암평아리들을 괴롭히기 일쑤였다.

병아리들이 점점 자라 이차 성징이 나타나자 성질이 온순한 다른 병아리들은, 수컷은 수컷대로 벼슬이 커가고 꽁지깃도 길어져 제법 늠름해졌으며, 암컷은 암컷대로 아담한 자태를 갖추었다. 그러나 이 성질 나쁜 싸움꾼 수탉은 제 성질을 이기지 못하고 싸움질이나 한 까닭인지 몸집이 제대로 크지도 못하고 벼슬도 상처투성이라 몰골이 추했다. 그러다 보니, 다른 닭들은 이 볼품없이 흉한 싸움닭을 자연 좋아하지 않았다. 그럴수록 싸움닭은 더욱더 난폭해져 틈만 나면 싸움을 걸었다. 비록 몸집은 다른 수탉보다 작았지만, 워낙 싸움에 이골이 나서 일단 붙었다 하면 끝장이 날 때까지 덤비는 통에 이 난폭한 싸움꾼에게 한두 번 혼쭐이 난 수탉들은 더 이상 상대하지 않았다.

그러는 사이에 어느덧 이 볼품없는 수탉이 이 집에서 대장으로 군림하게 되었다. 대장에게는 대장의 권리와 함께 가족을 보살펴야 할 책임이 따르는 것이 무리의 법칙이다. 하지만 이 싸움꾼은 권리만 누리고 책임은 지지 않았다. 무리를 거느리고 병아리들을 돌보는 일에 전혀 관심이 없었다.

녀석의 관심은 오로지 싸움뿐이었다. 싸움 상대가 없어지자 녀석은 그만 하루를 보내는 일이 지루해지고 말았다. 싸움만이 녀석을 흥분시키기 때문이었다. 그것만이 녀석의 존재 이유였다. 싸움닭은 이제까지와는 다른 방법으로 수탉들에게 싸움을 걸어 보았지만 그럴수록 다른 수탉들은 더욱더 녀석을 피해 버렸다.

어느 날, 드디어 녀석은 싸울 상대를 찾아 담을 넘어 옆집으로 쳐들어갔다. 옆집에는 수탉 한 마리와 암탉 대여섯 마리가 있었다. 낯선 놈이 자신의 영역에 침입해 오자 옆집 수탉이 목털을 세우고 경계를 했다. 남의 영역에 침입한 주제에 싸움닭은 다짜고짜 날카로운 발톱으로 선제공격을 했다. 기습공격을 당한 상대는 뒤로 벌렁 넘어졌다가 곧바로 일어나 반격했다. 상대는 녹록치 않았다. 강한 발 공격에 이번에는 싸움닭이 넘어졌다. 옆집 수탉은 싸움닭에 비해 덩치가 훨씬 컸다. 서로 발길질로 상대의 가슴팍을 지르고 부리로 벼슬을 쪼았다. 두 수탉의 벼슬은 어느새 찢어져 붉은 피를 철철 흘렸다. 그리고 싸움은 더욱 치열해졌다. 처절한 난투가 얼마나 이어졌을까. 시간이 지날수록 덩치 큰 편이 더 빨리 지쳐 갔다. 평소에 싸움으로 단련되지 않은 탓이었다. 어느 순간, 이웃집 수탉이 먼저 도망을 쳤다. 기어이 싸움닭이 또 이긴 것이다. 승리한 싸움닭은 보란 듯이 이웃집 암탉들에게 욕심을 채웠다.

이렇게 싸움닭의 원정은 계속되었다. 그리고 오래지 않아 마을 전체를 지배하게 되었다. 이제 녀석에게 덤벼드는 수탉은 한 마리도 없었다.

마을의 수탉을 깡그리 굴복시킨 어느 날, 싸움닭은 고양된 기분을 추스를 수 없어 담을 딛고 지붕 위로 올라갔다. 자신이 이 마을 전체의 대장이라는 것을 선포하고 싶었다. 싸움닭은 지붕 꼭대기에 올라서서 크게 홰를 치면서 외쳤다.

"꼬끼오! 나는 왕이다!"

그러자 정말 온 세상이 자신의 것 같았다. 싸움닭은 자신이 왕이라고 열두 번을 선언하리라 마음먹었다. 그러나 그것만은 뜻대로 되지 않았다. 세 번을 외치고 네 번째 외치려 할 때 갑자기 거대한 독수리 한 마리가 쏜살같이 내려와 싸움닭을 채어 뒷산으로 날아갔다.

싸움닭이 없어진 마을, 닭들은 암수 짝짓기를 하고 병아리를 보살피면서 평화롭게 살아가고 있었다

삼진 아웃

최서윤

1

“이건 말도 안 돼. 어떻게 키운 닭인데, 그걸 잡아먹고 오리 발을 내밀다니. 인간 말종, 내 앞에서 꺼져 버려!”

배가 고파서 남의 닭을 훔쳐 먹은 그는 비난의 화살을 튕겨 낼 수 있을 만큼 튼튼한 양심을 갖지 못했다. 연한 살갗을 파고 들어간 화살에 피흘리는 그의 발걸음은 더 늦어졌다.

어둠의 시대였다. 대다수의 사람들이 육식동물한테 쫓기는 초식동물 신세였다.

"달려라, 달려! 뒤처지면 죽는다."

모두들 정신없이 달리는 중에 짓밟고 짓밟히는 것이 흔한 일이었다. 주위에 쓰러진 사람을 일으킬 사이도 없이, 뒤돌아볼 여유도 없이 꿈속의 달리기처럼 조금도 앞으로 나가지 않는 달리기에 중독돼 있었다.

2

"세상에, 너무 배가 고파서 그랬다는데…… 이봐요들, 우선 이 사람을 살려야 할 거 아녜요."

"그가 어떤 사람인 줄 이슈? 남의 닭을 잡아먹은 놈이라고. 주인도 배가 고파 꼬르륵거리면서 잡아먹지 못한 그 닭을 잡아먹은 잡놈이라고, 그러니 상관 마슈. 제 놈이 잘못했다고 싹싹 빌기 전에는 용서고 뭐고 없어."

3

어둠 속에 초승달처럼 가느다란 빛이 나타났다.

"자, 들어와요. 이곳은 흉악한 짐승이 들어올 수 없는 곳이오."

불안에 쫓기던 사람들이 그 안에서 한숨 돌리고 휴식을 취할 때였다.

"누가 저 바깥에 쓰러져 있는 사람을 데리고 와요."

모두들 고개를 흔들었다. 괘씸해서, 너무 지쳐서, 나가면 못 들어올까 봐……

"꼬끼요!"

새벽닭이 울었다. 잠에서 깨어난 사람들은 또다시 쫓기며 달리기 시작했다.

사족 1. 닭은 밤에 눈이 보이지 않는다. 언제 적에게 습격받을지 몰라 공포에 질렸다가 새벽이 되는 순간, 안도의 한숨을 내쉬며 (이제 살았다!) 꼬끼오! 외치는 것이라 한다.

즐거운 이메일

–

홍 적

아우와 전화로 장시간 다투고 난 다음날, PC에 그의 메일이 들어와 있었다.

제목 : 갑자기 생각 나네
2007년 6월 4일 05시 18분 32초

형, 옛날 우리 대명동 그 언덕바지 기와집에 살 때 생각나?
내가 국민학교에 다니고 형이 중학교에 다니던 어느 해 여름방학이었지, 아마……
그때 우리 집 마당에 큰 수탉 한 마리 키웠잖아?

근데 어느 날 갑자기 그 닭이 흔적도 없이 사라져 버려 집안이 온통 난리가 났지.
어머니와 할아버지 누나 막내 할 것 없이, 형만 빼고 온 식구들이 다 나서서 동네를 헤매고 다녔어.
날이 저물도록 샅샅이 뒤졌지만 결국 찾지 못했지.
게다가 눈만 뜨면 늘 그놈을 쫓아다니던 막내는 질질 짜기까지 했고……
형, 내 이제야 하는 말이지만 그 닭 형이 가지고 갔다는 걸 나는 진작 알고 있었어.
어떻게 알았냐고?
찔찔이 알지, 형? 그 동네 도랑가 판잣집에 살던 코찔찔이 춘이 말이야.
닭이 없어진 다음날인가 그 다음 날인가 걔가 나한테 그러대.
그날 닭을 품에 안은 형이 허둥지둥 골목을 빠져나가는 모습을 제가 봤다고 말이야.
그런데, 형. 이왕 말한 김에 이제 한 번 물어 보자.
형, 그날 그 닭 팔아서 뭐 했어?
대체 그 시간까지 뭘 했기에 그날 통금시간이 다 돼서야 집에 들어와 다음날 아버지한테 혼난 거야?
이제 다 지나간 일이니 나한테만 좀 살짝 얘기해 주라, 응.

형……

(RE) : 갑자기 생각 나네

2007년 6월 4일 21시 20분 27초

뭘 하긴, 인마.

너야말로 그게 언제 적 얘긴데, 새삼스레 그건 지금 알아서 뭘 어쩌겠다는 거냐? 그런데……

이 얘기 혹시 제수씨도 알고 있냐?

(RE) (RE) : 갑자기 생각 나네

2007년 6월 5일 06시 45분 41초

형, 그거 알아?

그날 사라진 수탉의 범인이 형이란 걸 지금 우리 집안사람들은 거의 다 알고 있다는 사실을……

그리고 형만 이 현실을 모르고 있다는 사실 말이야. 그러니까 집사람은 당근이고, 셋째네 제수씨도 아마 알고 있을걸. ^^

막내 제수씨는 잘 모르겠어, 우리 집에 들어온 지 아직 몇 년 안 됐으니까.

나쁜 자식…… 아무튼 그로부터 일주일 후 다시 아우의 메일이 왔다. 그런데, 흐미…… 내 이런 망할 자식을 봤나……!

제목 : 초대
2007년 6월 11일 11시 32분 21초

형, 요번 일요일 오전 10시까지 우리 집으로 와.
집사람이 동서들과 의논해서 오랜만에 혼자 사는 형 몸보신 좀 시키겠대.
양평 어디로 차 몰고 나가면 백숙을 아주 기가 막히게 하는 순토종닭집인데,
큰 수탉 한 마리면 우리 사형제가 배를 두드려 가며 먹어도 남는대.
근데 형, 이건 막내 제수씨 말이야. ㅋㅋㅋ……

구자명 | 못잊어 • 돼지효과에 대한 보고
피곤한 J씨의 2008년 여름휴가의 마지막 밤
구준회 | 섬마을 우체부 • 작은 섬 아기별
권여선 | 어느 날 문득
김명이 | 당신도 부르고뉴 와인을 찾아 떠나지 않으시렵니까? • 존재, 그 가벼운
김민효 | 시인의 비명悲鳴을 빌렸다 • 송곳니 족속의 부활
김병언 | 30년 동안의 오해
김의규 | 도미 한 접시 • 은어銀魚의 꿈 • 어떤 풍경
김정묘 | 아내가 사는 법 • 바람과 함께 사라지다
김 혁 | 아담의 전처와 후처 • 광우병과 콩밭
박명호 | 사족蛇足에 대한 몇 가지 오해 • 도시락 ABC
백경훈 | 때로 망각이 필요하다 • 이상한 나라의 달리기
서지원 | 헤어핀
안영실 | 고추장과 나비 • 성모 1 • 11월의 랩송
유경숙 | 맨발의 그녀 • 동경월야東京月夜 • 침낭 속의 남자
윤신숙 | 돌아온 메시지 • 저승의 음악가
이시백 | 입 • 집
이종학 | 모작 인생 • 불의 행복 • 심心봤다
이진훈 | 사.과.드.립.니.다 • 사람이 그립다 6
임왕준 | 보비 • 귀신
정성환 | 암살의 배후 • 분노의 섬
최서윤 | 잠 못 드시는 장군님 • 비탈 장미 • 강
홍 적 | 소설가 H의 행방 • 오래된 나무탁자

못 잊어

구자명

여자는 연보랏빛 나문재를 한움큼 뜯어 입 안에 털어 넣고 어석어석 씹었다. 바다풀의 비릿하고 새큼떫떨한 풋내가 입에 낯선지 여자의 이마가 한순간 찌푸려졌으나 이내 펴졌다. 술병을 기울이는 여자의 손놀림이 잦아지면서 온갖 미물들을 품은 뻘밭도 부산스럽게 술렁였다. 여자가 뜯어먹고 난 자리에는 여자의 몸피만큼 보랏빛이 사라지고 수의가 펼쳐진 듯 검은 갯흙이 드러났다.

멀리서 낮게 내려앉은 탁한 회백색 하늘 아래로 투명한 흑청색 물이 소리 없이 부풀어올랐다. 한두 방울씩 떨어지던 빗방울도 점점 굵어졌다. 해안도로에서 젊은 남녀 한 쌍이 자전거를 타고 쌩하니 지나갔다. 여자는 그들을 향해 손이라도 흔들 듯이 팔을 움찔하다가 그만 고개를 돌렸다.

검은 수평선에서 물이 더 차올랐다. 여자는 갯벌에 몸을 뉘었다. 흰 물새 한 마리가 늦었다는 듯 다급한 날갯짓으로 허공을 차고 올랐다. 여자는 가슴 위에 두 손을 가만히 얹고 눈을 감았다. 여자의 모아 쥔 손아귀 사이로 구겨진 흑백 사진 한 장이 보였다.

한껏 부푼 물이 빠르게 밀려오기 시작했다.

돼지 효과에 대한 한 보고

—

구자명

1

2007년 어느 여름날, 중국 장시성 작은 마을에 사는 왕모씨(55세)는 자기 농장 축사에서 밤새 죽어 자빠진 돼지 몇 마리를 발견했다. 가축이 고열이 오르고 피부에 붉은 반점이 생기면서 귀가 푸르게 변해 죽는 그 역병을 사람들은 청이병青耳病이라 불렀다.

그해 여름 양쯔강 유역에서 발생한 청이병은 중국 전역으로 확산되어 100만 마리 이상으로 추정되는 엄청난 수의 돼지들이

폐사하거나 살殺처분되었다.

'돼지고기와 식량이 천하를 편안하게 한다'는 믿음을 지닌 중국 인민에게 돈육은 생필품이므로 돼지 파동으로 말미암은 물가인상 폭은 정부의 통제 노력에도 불구하고 연말 전에 이미 6%를 넘어서고 있었다.

청이병 타격으로 사육돈 수가 절반 이하로 줄어든 장시성 왕씨는 그해 가을 지참금을 마련해 시집보내 주기로 했던 맏딸에게 약속을 지키지 못하였다. 나이 서른을 넘긴 그 집 왕씨 처녀는 약혼자 집안에서 파혼을 선고해 온 다음날 동네 저수지에 몸을 던졌다.

2

2008년 이른 봄날, 대한민국 전라북도 한 소읍에 사는 양돈업자 박모씨(63세)는 자신의 돈사에서 목을 매 숨진 채 발견되었다. 그는 지난 30여 년간 돼지를 키우며 하루도 마음놓고 쉬어 본 적이 없었다.

아침 7시면 농장에 나가 밤 늦도록 돼지들을 돌보고 새끼를 받고 하느라 새벽녘이 되어서야 집에 돌아오기가 일쑤인 생활이었으나 삶의 모든 보람과 희망을 오로지 돼지에게 걸고 인내하며 살아온 그였다.

박씨의 초상을 치르고 난 보름 뒤, 도시 사는 외아들네로 가기 위해 빈 농가에서 짐을 꾸리고 있던 그의 미망인은 문갑 서랍에서 생전에 남편이 쓰던 헌 공책을 발견하고 들춰 보았다. 거기에는 정책시설자금 대출금, 농협상호금융 융자금, 사료대금 연체비 등의 채무 상황을 적어 놓은 기록이 있었다. 어림잡아도 2억이 넘는 액수였는데, 특히 지난 한 해 동안 사료 값은 엄청나게 상승하여 남편이 마지막으로 기록한 정월 초 금액은 작년 초에 비해 3할도 더 되게 늘어난 액수였다.

한참을 망연자실해 앉아 있던 박씨의 미망인은 긴 한숨을 내쉰 뒤 장롱을 뒤져 그 누옥의 집문서를 찾아 들고 집을 나섰다. 그러나 읍내 부동산에서는 그것이 이미 이전금지 및 가처분 신청되어 있는 물건이라는 사실을 미망인에게 알려 주었다. 집에 돌아온 그녀는 아들에게 전화로 울면서 그 사실을 알렸다.

어머니를 모셔 가기로 예정된 다음날, 아들 내외는 밤이 이슥해지도록 연락 불통인 채 나타나지 않았다.

3

2007년 시월 초, 미국 시카고에 사는 골드먼 씨(37세)는 유대교 신년 명절 축제를 앞두고 시나이 반도의 유명 휴양지로 팔레스타인과 인접한 타바 시의 한 고급 호텔에 가족을 데리고 도착했다.

골드먼 씨는 시카고 상품거래소에서 다년간 일했던 경험을 살려 2년 전부터 상품 선물 옵션거래 중개를 하는 개인 투자회사를 차려 짭짤한 재미를 봐왔다. 그해 들어 최고 수익을 올린 거래 부문은 곡물, 그 중에서도 사료 가격 상승으로 값이 천정부지로 솟고 있는 옥수수 선물거래에서 시세 차익을 신나게 챙긴 것이다.

그 여름에 발생한 돼지 파동이 악화시킨 중국의 고인플레 흐름에 대응하기 위해 미국 연방준비제도이사회가 내린 처방은 달러화 가치 하락과 함께 수입 물가 상승을 가속화시켰을 뿐, 세계적 인플레는 피하기 어렵게 되었다. 하지만 골드먼 씨와 같은 선물거래 중개인들에게 있어 인플레란 한몫 단단히 챙길 수 있는 황금의 기회이기도 하다. 골드먼 씨는 약간의 시세 조작과 내부자 정보 확보를 통하여 지난 두 달 사이만 해도 무려 80만 달러에 이르는 차익을 남겼다. 물론 법망에 걸리면 불공정거래로 처벌을 면할 수 없겠으나, 뉴욕 월가나 시카고 옵션 시장의 어느 바보가 그 정도 안전장치도 없이 덤비겠는가.

마침내 여름휴가도 제쳐두고 '열심히 일한' 그는 '떠나'기로 작정했고, 그의 조부의 나라이며 그 자손으로서 늘 마음속에 그려 온 이스라엘 방문을 유대력으로 신년 명절인 시월 초에 맞춰 가족 휴가 겸 단행한 것이었다. 명절 기간 동안 3만 명 이상의 이스라엘 인들이 몰려올 것으로 예상되는 이 반도 휴양지에서 홍해 바다가 한눈에 보이는 전망 좋은 호텔 방을 구한 것부터가 골드먼 씨에게는 꿀 같은 황금 휴가의 전조로 생각되었다.

그는 호텔 레스토랑에 만찬을 예약한 뒤 저녁식사 전에 주변을 좀 산책하고 오겠다고 나간 아내와 두 아들이 호텔 입구에

서서 어느 방향으로 갈지를 두리번거리고 있는 뒷모습을 창을 통해 흐뭇하게 내려다보았다. 그러고는 자기 행운을 자축하려고 샴페인 병을 집어들었는데, 바로 그 순간 호텔을 향해 돌진하는 검녹색 밴 차량을 발견한 그는 비명을 질렀다. 굉음과 함께 천지가 흔들렸다.

사흘 뒤, 그는 미국으로 돌아가는 환승 여객기를 타기 위해 카이로 국제공항 탑승자 대기실에서 얼굴을 두 손에 파묻은 채 앉아 있었다. 그의 옆에는 아내도 아이들도 보이지 않았다.

파곤한 J씨의 2008년 여름휴가의 마지막 밤

–

구자명

군체동물들의 '헤쳐모여' 훈련 같은 베이징 올림픽 폐막식이 TV에서 방영된다. 메이저 방송 3사 모두가 지구촌 화합 대축제의 마지막 향연을 감격적 어조로 보도한다. TV에 눈을 고정시키고 있는 동안 캔 맥주 두 개가 어느새 비워진다. 안주는 구운 김. 어느 순간 속이 헛헛한 느낌이 들어 라면을 끓일까 하고 냄비에 물을 채우다 문득 배가 고픈 게 아니라는 자각이 든다. (머리도 가슴도 다 멍한 느낌, 이제 뭐지?) 채널을 돌려 뉴스 전문 방송을 본다. 세계는 지금–. 스페인 항공 추락 사고로 154명 사망, 플로리다에서 열대성 폭풍으로 희생자 11명, 프랑스 몽블랑에서 눈사태로 18명 실종 및 부상, 파키스탄 정부군이 반군 무장세력 50명 사살, 필리핀 정부군과 반군의 충돌로 144명 사망, 베이징서 티베트 탄압 반대 시위한 외국인 10명 구류 처분, 네팔 카트만두서 티베트 망명자 1000명 시위……. 인간 머릿수를 헤아리는 나쁜 뉴스는 계속 이어진다. (에이!)

TV를 끄고 방바닥에 던져 두었던 책을 집어든다. 미국 작가 코맥 매카시의 최신 화제작 『로드』의 마지막 열세 페이지를 읽는다. 지푸라기만한 희망도 안 보이는 멸망한 세상에서 그래도 살아 있을 수 있는 한 살아 있으려고 분투하는 한 아버지와 아들의 행로를 그린 절망 그 자체의 서사다. (아, 모든 게 이렇게 끝날 수도 있겠구나…….)

그런데 마지막 문장이 수상한 암시를 건넨다. "송어가 사는 깊은 골짜기에는 모든 것이 인간보다 오래되었으며, 그들은 콧노래로 신비를 흥얼거렸다." (인간보다 오래된 모든 것이 사는 골짜기라…… 왠지 적막한 향수를 불러일으키는군. 어릴 적 크리스마스 이브에 듣던 캐럴처럼…….)

아파트 베란다 창 너머로 명멸하는 도시의 불빛을 맥없이 바라본다. 시야가 부옇게 흐려지며 명치끝이 아려 온다. 눈을 문질러 닦고 냉장고에서 맥주 캔을 새로 꺼내들고 욕실로 들어간다. 욕조에 물을 가득 채운다. 쏴아 쏴아, 물이 차오르는 소리. (고기를 잡으러 바다로 갈까요 ♬ 고기를 잡으러 산으로 갈까요 ♪ 흐흐흥 흐흐흥 흐흐흐흐흐응 ♬ 랄랄랄랄 랄랄랄라~)

스쿠버다이버 B씨에게서 빌린 검은 다이빙 슈트를 입고 잠수를 한다. 수중 천지를 하얗게 수놓은 말미잘 꽃밭을 지나 수심 30m 깊이까지 내려간다. 숨이 차다. 프리다이빙이라 산소통이 없다. 이제 올라가야 하는데 바닷속 검은 땅에 붙잡힌 발길이 떨어지질 않는다. 차제에 30m쯤 더 내려가 트왈라이트 존twilight zone 진입을 도전해 볼 일이다. (빛과 어둠이 교차하는 중간계의 세상, 그곳만 통과하면 죽든지 살든지, 살아도 죽든지 죽어도 살든지, 결말이 나잖겠는가.)

아…… 너무 내려왔다. 수심 100m는 되는 듯. 아무것도 없다. 여명 같은 푸르스름한 빛 속에서 정신이 아뜩해진다. 하지만 숨은 더 이상 안 차다. 중력권을 벗어난 지가 한참인데 몸이 점점 밑으로 가라앉고 있다. 고요히, 수평으로, 한없이 평안하게. (웬일이지? 이래도 되는 걸까?) 송어들이 헤엄치는 게 보인다. (산골짜기로 흘러왔나?) 자작나무 숲이 희게 빛난다. (어디까지 온 거야, 대체?) 눈 덮인 구릉들에 둘러싸여 별빛이 소복소복 내려앉고 있는 검은 강. (거의 다 온 것 같은데? 인간보다 오래된 모든 것이 사는 골짜기, 그곳에!) 숨을 멈춘다. (마침내 내게 강 같은 평화가…….)

엄마– 아이가 뛰어든다. 물 넘쳐! 뭐 하는 거야? 수도꼭지를 급히 잠근 뒤 흘겨보고 나가는 아이의 뒤통수를 흘겨본다. (웬 수!) 욕조에서 일어나 젖은 몸을 닦는다. 거실에서 누가 TV를 다시 틀었는지 노랫소리가 요란하다. 안 믿기는 영어 후렴을 자꾸만 되풀이하는 노래……. 욕실에서 못다 마신 맥주 캔을 들고 거실로 나오다가 실소한다. 위 아 원~ 우리는 하나~ 위 아 원~ 우리는 하나~ (설마, 농담이겠지?) 서기 2008년 8월 25일 자정, 피곤한 지구촌 시민 J씨가 보낸 여름휴가의 마지막 밤은 이렇게 저물었다.

섬마을 우체부

구준회

벚꽃이 하얗게 피어 작은 섬이 마치 바다 위에 던져진 흰 꽃다발처럼 보였다. 벚꽃은 수수하지만 맑은 흰색이어서 햇살을 받아 투명해지니, 작고 흰 조개껍질이 나무에 피어난 듯했다. 하얗게 밀려드는 파도와 벚꽃은 오랜 세월 서로를 닮아 온 듯 하얗게 부서지고 흩날려 파도 위에서 한몸이 되어 가고 있었다.

벚꽃 아래로 은빛 자전거 바퀴가 굴러왔다. 모자를 쓴 우체부 아저씨가 끌고 오는 자전거였다. 바퀴는 은빛이지만 대는 빨간색이어서 빨간 자전거만 느리게 구르는 듯 보였다. 그것은 마치 도화지에 하얀 꽃잎을 흩뿌려 놓고 빨간 점선을 그어 놓은 듯 멀리서도 금세 눈에 띄었다.

우체부 아저씨는 이 섬에서 유일하게 외부의 소식을 전해 주는 전령사였다. 총각이던 아저씨는 이젠 거의 할아버지 소리를 들을 정도로 바다 바람과 햇볕에 주름이 깊어져 갔다. 그래도 언제나 온화하고 부드러운 미소로 소식을 전해 주는 인자한 분이었다. 어느 집에 육지 사는 아들·손자 근황과 그 집의 형편을 훤히 알고 있었는데, 그것은 편지를 직접 읽어 주어야 하는 경우가 많았기 때문이었다.

오늘은 조금 외딴 바닷가에서 혼자 살고 있는 할머니에게 온 편지를 전해 주러 가는 길이다. 그 집에 가려면 벚꽃나무가 길게 늘어선 바닷가 둑방길을 한참 가야 했다. 할머니에겐 신동이라고 소문이 났던 외동아들이 하나 있었는데 육지에 나가 공부해 엄청 큰 회사에 다닌다고 했었다. 일 년에 서너 차례씩 올 때면 할머니 댁은 잔치를 하는 듯했고 주변 몇몇 이웃집에 선물을 돌리곤 해 할머니 집을 부러워들 했었다.

그러나 어쩐 일인지 지난 몇 년간은 도통 한 번도 찾아오는 걸 본 사람이 없었다. 삼 년 전 할아버지가 돌아가신 후 할머니 혼자 사시며 말없이 많이 늙어지셨다. 할머니는 바닷가에 앉아 육지 쪽을 한없이 바라보다 들어가시곤 했는데 우체부 아저씨도 그 모습을 여러 차례 본 적이 있었다.

한두 번 온 편지에서 아들이 아이엠에프를 맞아 회사가 부도나고 친구의 빚보증으로 거리에 나앉았다는 소식을 들었었다. 피신중이라 가족과도 헤어져 있다는 소식이었다. 할머니는 아이엠에프가 무언지 모른다. 다만 육지에 사는 엄청 힘센 산적 같은 귀신이 우리 아들을 죽이려 한다고 생각했다. 그래서 바닷가에 가서 그 귀신을 쫓아 달라고 천지신명께 기원하기만 했다. 그러면 바다는 철썩철썩 파도로 할머니 마음을 쓰다듬어 주곤 했다.

우체부 아저씨는 할머니를 쪽마루에 앉게 하고 옆에 걸터앉아 편지를 읽기 시작했다.

"어머니 며느리예요. 아범이 삼 일 전……세상을 떠났어요. ……경찰들이 노숙자 재활치료소에 있던 아범이……그동안 쌓인 병이 깊어 숨졌대요. …… 자존심이 강해 연락도 없더니 그예 변고를 당하고 말았네요. ……오늘 화장장에서 화장해 강물에……뿌리고 어머니께 글월 올립니다…….”

편지를 읽던 우체부 아저씨는 읽던 걸 멈추고 할머니를 바라보았다. 할머니는 바다를 바라보며 하염없이 눈물을 흘리며 손으로 훔치고 있었다.

백화 백화 만발한데
칠성판이 떠나가네
백파 만파 만발한데
이네 아들 떠나가네

그렇게 한참을 두 사람은 바다만 보다가, 파도치는 걸 보다가 마저 읽어 내려갔다.

“어머니, 유일한 손자가 이번에 학교에 갔는데, 반에서 1등을 해서 상을 탔어요. 아범을 닮아서 공부도 잘하고, 얼굴도 빼다박은 아범이에요. 손녀딸은 다섯 살인데 얼마나 예쁜 짓을 많이 하는지 몰라요. ……잘 키울게요. ……며칠 후에 함께 어머니 뵈러 갈게요……."

백화 백화 만발한데
이네 아들 돌아오네
백파 만파 만발한데
우리 손주 찾아오네

우체부 아저씨는 말없이 할머니 손을 오래 붙잡고 있다가 떠난다. 한 바퀴 한 걸음, 두 바퀴 두 걸음 빠알간 자전거가 흩날리는 벚꽃잎 속으로 멀어 간다. 벚꽃 하얀 꽃잎이 눈물처럼 한없이 떨어져 둑방길에 날리며 덮여 빠알간 자전거가 마치 하얀 세상 속으로 스며 흡수되는 듯 보였다. 할머니의 그렁한 눈에 흩날리는 벚꽃잎과 하얀 둑방길과 하얀 파도가 엉켜 백색의 커다란 물결로 변해 먼 바다로 떨어져 나가고 있었다.

그리고 하늘로 날던 벚꽃잎 하나가 머리 위를 맴돌다 손바닥에 떨어질 때 할머니는 우두커니 꽃잎을 바라보다 입가에 엷은 미소를 지었다. 또 한 통의 꽃 편지였다.

작은 섬 아기별

구준회

갓 태어난 파도가 망망한 바다로부터 동글게 몸을 말았다가 펴고 있었다. 그 움직임의 가장자리로 작은 물보라 거품이 인다. 멀리서 보면 하얀 띠처럼 보였다. 따가운 햇빛이 파도의 몸통을 타고 반사되어 반짝거렸다. 물보라 사이사이로 빛이 스몄다가 부서져 물낯은 반짝이는 보석이 뿌려진 비단 같았다. 그렇게 잔파도가 온 바다에서 생겼다가 스러지며 파도는 생각을 뒤척인다. 그러다 자신도 모르게 밀려서 당도한 곳에 작은 섬이 있었다. 종일 섬 주위로 모여드는 파도로 섬은 마치 파도를 끌어모으는 것처럼 보였다.

파도가 손짓을 멈추고 소멸되는 곳에 백사장이 이어져 있었다. 하얀 소라 고동껍질과 줄무늬 희미한 백색 조개껍질들이 모래보다 많아 끝없는 조개 무덤처럼 보였다. 가끔 갈매기만이 끼룩끼룩 허공 속의 정적을 깨줄 뿐이다.

아기는 조개껍질은 버리고 고동껍질을 집었다. 손이 작아 고동껍질 서너 개밖에 잡을 수 없다. 고동은 바닷물과 햇빛에 씻기고 씻겨 투명한 백색으로 속껍질까지 보일 정도이다. 아기는 바지주머니를 뒤집어 조개껍질을 버리고 소라껍질을 집어넣었다. 주머니가 작아 제대로 들어가지 않고 흘리는 게 더 많다.

조금씩조금씩 걷다 보니 투명하게 생긴 몽돌 조약돌이 눈에 띈다. 이번엔 소라껍질을 버리고 조약돌을 주머니에 넣기 시작했다. 한참을 그러던 아기는 하품을 몇 차례 하더니 손에 조약돌을 쥔 채 졸기 시작했다. 해가 서쪽으로 조금씩 밀린다. 갯벌 쪽에 나갔던 엄마가 아이를 찾아 업고 갈 때서야 아이의 손에서 조약돌이 스르르 백사장에 떨어졌다.

아기별 하나가 바다 위를 떠돌고 있었다. 주변을 둘러보아도 파도 출렁이는 바다만 보일 뿐 아무도 없다. 어른별들은 너무도 먼 곳에 있어 그곳까지는 가볼 엄두가 나지 않는다. 까아만 밤빛깔이 드리워진 바다 위를 떠돌아도 아무도 놀아주지 않는 별은 외롭게 깜빡이며 정처없이 흐르고 있었다. 그러다 이 작은 섬을 발견하곤 다가왔다.

바닷가에 작은 초가집이 한 채 있고 반쯤 열린 들창에서 희미한 불빛이 새나오고 있었다. 창틈으로 보니 안에는 아기가 잠들어 있었다. 아기별은 또래를 만난 반가움에 한껏 별빛을 반짝여 인사를 하였다.

그러나 아기는 곤한 잠에 빠져 깨어날 것 같지가 않았다. 아기별은 몇 번이나 힘주어 반짝여 보았지만 아기는 가끔 뒤척이기만 할 뿐 꿈속에서 돌아오지 않았다.

아기별은 섭섭하고 안타까웠으나 잠을 깨우지 못한 채 들창 밖에서 아기를 지켜봐야만 했다. 아기별은 아기의 머리카락, 불그레한 볼, 작은 코, 입, 도톰한 발 등을 하나하나 외울 듯 훑어보며 창 밖에 머물렀다. 밤은 깊어 가고 시간이 흘러 새벽이 다가오고 있었다. 새벽 이슬이 풀잎 위를 굴러 또르르 맺히기 시작하였다. 아기별은 밀려가는 밤을 따라 서쪽 길로 넘어가야만 했다. 아기별은 자꾸 뒤를 돌아보며 떠났다.

다음날 밤 아기별은 기억을 더듬어 작은 섬의 초가집을 찾았다. 들창으로 넘어다보니 아기가 잠들지 않고 눈을 동그랗게 뜨고 있었다. 어제 잠든 모습 때보다 더 귀엽게 생겼다고 생각했다. 아기별은 반가움에 반짝반짝 빛을 냈다. 그러나 아기는 아기별에게 눈길을 주지 않았다. 아기는 할머니의 무릎에 머리를 기대고 할머니의 이야기를 듣고 있는 중이었다.

"옛날 옛날에 작은 별이 있었단다. 작은 별은 호기심이 많아 우주의 먼 곳을 구경하러 떠났다가 엄마 아빠 별을 잃어버렸단다. 작은 별은 많이 울었단다. 같이 놀 친구도 없이……."

할머니의 옛날이야기는 나지막하고 작게 이어졌다. 아기는 눈을 반짝이며 이야기를 듣고 있었다. 아기의 눈이 별이 되고 있었다. 아기별은 할머니의 목소리가 잘 들리지 않아 방문 앞으로 다가갔다. 등잔불이 창호지를 힘겹게 뚫고 오느라 더욱 엷고 희미하게 흔들렸다.

"작은 별은 떠돌다가 어른 별자리에 다가갔단다. 그러나 어른 별자리의 별들은 자기들의 별과 다르게 생겼다고 작은 별을 때리고 멀리 던져 버렸단다. ……아기별은 다른 곳을 떠돌다가 아기별 무리를 만난 적도 있었어. 반가워서 다가갔는데 아기별이 자기들과 다른 빛을 낸다며 쫓아 버렸단다. 그 뒤로 아기별은……."

할머니의 옛날이야기는 밤늦도록 이어지고 있었다.

"작은 별이 불쌍하지. 지금쯤 어느 밤하늘을 떠돌고 있을까 궁금하지 않니. 한번 만나 보고 싶지?"

"응."

아기는 고개를 끄덕끄덕하였다. 그때 아기의 눈에는 이슬처럼 반짝 눈물이 맺혀 있었다.

아기별은 방문 앞에서 이야기를 엿듣다가 할머니의 얘기가 그치자, 들창가로 다가갔다. 아기는 눈에 눈물이 글썽한 채로 잠이 들었고 할머니는 등잔불을 막 끄고 있었다.

작은 별은 창가에서 깜깜해진 창 안을 바라보다가 자신도 모르게 오래 울먹이고 있었다.

얼마나 지났을까, 먼 곳에서 닭 우는 소리가 들려왔다. 밤이 서쪽으로 떠나고 있었다. 아기별은 힘없이 서쪽 길로 넘어가고 있었다. 오늘은 자꾸 울먹여 바다에 빠질 것만 같았다.

어느 날 문득

-

권여선

보는 사람마다 그에게 얼굴이 좋아졌다고 했다. 좀 관찰력이 있는 사람들은 군살이 빠진 것 같다고 했다. 뭔가 캐내기 좋아하는 사람들은 운동을 시작했냐고 묻기도 했다. 그럴 때면 그는 말없이 미소를 지었다. 남모를 비밀을 간직한 청년의 미소였다.

그는 20층에서 엘리베이터를 타는 것으로 출근을 시작했다. 엘리베이터가 1층에서 20층까지 올라오는 시간은 대략 1분 가량 걸렸다. 중간에 멈추는 일이 없다는 걸 전제로 할 때였다. 가장 최악일 때는 엘리베이터가 19층이나 18층쯤에서 내려가고 있을 때였다. 출근시간대여서 거의 매 층마다 섰다. 그런 날은 그가 ▼ 버튼을 누른 후 엘리베이터에 오르기까지는 8분이나 걸렸다. 8분이면 마을버스를 타고 전철역에 도착할 수도 있는 시간이었다. 차라리 걸어서 내려가는 게 빠르겠다 싶어 계단으로 내려간 적도 있었다. 그는 결국 3층에서 내려오는 엘리베이터와 조우해 후들거리는 다리로 고작 두 층을 타고 내려갔다. 이후로 엘리베이터가 19층이나 18층쯤에서 내려가고 있을 때면 그는 8분을 미친 듯이 계단을 내려가느니 그냥 서서 기다리는 쪽을 택했다.

그는 엘리베이터 앞에 몰래카메라라도 설치하고 싶은 심정이었다. 카메라를 집에 있는 컴퓨터에 연결해 모니터에 엘리베이터 층수를 표시하는 숫자를 대문짝만하게 띄우고 싶었다. 그러면 엘리베이터가 20층에 도착할 무렵에 현관을 나설 수 있을 것이다. 모니터의 숫자가 20에 근접해 오는 것을 본다면 그는 옷을 빨리 입거나 양말을 들고 뜀으로써 시간을 맞출 수도 있을 것이다.

엘리베이터 운세는 묘하게도 그의 하루 운세와 정비례했다. 엘리베이터를 오래 기다린 날은 백발백중 일진이 나빴다. 그런 날이면 그는 퇴근길에 동대문에 들러 몰래카메라를 기필코 사리라, 이를 사려 물고 결심했다. 그러나 그건 순전히 충동적인 울화에서 나온 결심일 뿐이었다. 일단 엘리베이터 옆 시멘트 벽에 못을 치려면 전동 드릴이 필요할 것이고, 시멘트 벽에 못을 쳐서 몰래카메라를 설치한다고 한들, 그는 그걸 컴퓨터에 연결하는 법을 몰랐다. 카메라 판매상이 온갖 세세한 연결법까지 설명해 준다 해도 어쩌면 몰래카메라를 설치하는 것 자체가 아파트 관리법에 위반될지도 모르는 일이었다.

그날 아침 현관을 나섰을 때 그는 일단 운이 좋다고 생각했다. 엘리베이터가 17층에서 올라오고 있었다. 그는 엘리베이터가 중간에 방향을 바꾸는 일이 없도록 재빨리 ▼ 버튼을 눌렀다. 정말 운이 나쁜 날은 엘리베이터가 17층이나 18층에서 올라오는 것을 보고 막 ▼ 버튼을 눌렀는데 그의 동작이 0.1초라도 늦었는지 엘리베이터가 더 이상 올라오지 않고 그 자리에서 방향을 바꿔 내려가는 경우였다. 그날은 아니었다. 착한 엘리베이터는 18층을 지나 19층을 향해 올라오고 있었다. 그는 몰래카메라 같은 것은 별로 필요 없으리라고 생각했다. 모든 건 확률이고, 사실 확률은 공평했다. 운이 좋은 날도 있고 운이 나쁜 날도 있는 것이다. 생각하기 나름이었다. 그는 떨리는 마음으로 엘리베이터를 맞이했다. 엘리베이터가 20층에 멈추면서 울리는 딸랑! 소리가 그렇게 경쾌할 수가 없었다. 엘리베이터 문이 열렸고 그는 엘리베이터를 탔다. ▷◁ 버튼을 눌렀지만 문은 닫히지 않았다. △▼▽▲◁◀▷▶ 모든 버튼을 눌렀지만 그를 약올리려고 작정한 듯 엘리베이터는 꼼짝도 하지 않았다. 결국 그는 20층에서 1층까지 걸어 내려가야 했다. 그리고 그날 운수는 재앙 그 자체였다.

그날 저녁 그는 진지한 계산에 몰입했다. 그가 집을 나섰을 때 엘리베이터가 있을 수 있는 모든 위치와 그가 기다려야 할 모든 시간을 계산하여 평균값을 냈다. 평균 3분 49초 87이 나왔다. 그날 밤 그는 20층에서 1층까지 계단을 뛰어내려갔다. 4분 10초가 걸렸다. 엘리베이터를 타고 올라와 다시 내려갔다. 4분 8초가 걸렸다. 세 번째는 4분 13초. 지쳤기 때문이었다. 그 후 그는 틈만 나면 계단을 내려가는 훈련을 했다. 20층에서 1층까지 내려가는 시간을 4분 이내로 끌어내리는 게 1단계 목표였다. 열흘 만에 그는 20층을 4분에 주파하는 대기록을 세웠다.

확률이고 나발이고 공평한 건 없었다. 평균은 숫자에 불과했다. 언제나 운이 좋은 날보다 운이 나쁜 날이 훨씬 많았다. 그는 스스로의 힘으로 확실성을 보장받고 싶었다. 엘리베이터를 기다리는 평균 시간보다 0.1초라도 빨리 뛰어내려갈 수 있다면, 그는 자신의 하루 운세를 행운 쪽으로 0.1초만큼 끌어당길 수 있을 것이다. 그의 기록은 석 달 만에 3분 55초로 단축되었다. 그리고 다섯 달 만에 감격적으로 3분 50초에 도달했다. 희망의 고지가 바로 저기, 3분 49초 87이었다.

그런데 어찌 된 일인지 그 후로는 아무리 노력해도 기록이 전혀 줄어들지 않았다. 마의 3분 50초 벽을 넘지 못한 지 일 년이 넘었다. 어떤 날은 기록이 다시 4분으로 껌처럼 쭉 늘어나 있기도 했다. 그는 마음이 급했다. 한시바삐 3분 50초의 벽을 깨고 3분 49초 87보다 빨라져야 했다. 그의 하루 운세는 엘리베이터를 기다릴 때보다 훨씬 더 불운에 가까운 쪽으로 진행된 지 오래였다. 그는 두 계단씩 뛰다 세 계단씩 뛰었고, 세 계단씩 뛰다 마지막 다섯 계단은 그대로 뛰어넘어 착지하는 방법까지 고안해 냈다. 퇴근하고 돌아온 밤이면 무릎 연골이 닳고 발목 관절이 붓도록 계단을 뛰어내려갔다. 자나깨나 계단 생각밖에 없었다. 꿈속에서도 무한계단을 내려가다 나락으로 떨어져 화들짝 놀라 깨곤 했다. 이미 몇 년째 그의 불운은 상당히 축적되어 있을 터인데 그것을 보상할 시간은 점점 적게 남아 있었다. 그는 그 생각만 하면 미칠 것 같아 자정이든 새벽이든 현관을 박차고 나와 계단을 뛰어내려가곤 했다.

보는 사람마다 그에게 얼굴이 못쓰게 되었다고 했다. 좀 관찰력이 있는 사람들은 걸음걸이가 이상해졌다고 했다. 뭔가를 충고하기 좋아하는 사람들은 병원에 가보지 그러냐고 권하기도 했다. 그럴 때면 그는 말없이 입가를 찡그렸다. 남모를 고통에 시달리는 사내의 찡그림이었다.

당신도 부르고뉴 와인을 찾아 떠나지 않으시렵니까?

–

김명이

왜 제가 두텁고 펑퍼짐한 찻잔 하나를 버리지 못해 끼고 도느냐고요? 하긴 이미 제 짝들을 잃어버린 지 오래라 몇 번이나 버릴까도 했지만 쉽지가 않았습니다. 쓰레기통에 막 넣으려고 하는 순간이면 언제나, 어찌 보면 너무 여린 것 같고 어찌 보면 탁한 것 같은 그 옅은 쑥빛이 내 눈을 잡고, 아니 내 손을 잡고 놓아 주질 않지 뭡니까. 그럴 땐 마치 고것이 조상 대대로 물려받은 도자기라도 되는 것처럼 애물단지로 여겨지니 어쩝니까?

그런데, 결국 일이 일어나고 말지 뭡니까. 둘레가 십오 센티 정도 되고, 두께가 일 밀리가 채 안 되는 얇고 불안하기 그지없는 불란스 배불뚝이—나는 이렇게 부릅니다—와인 잔에 떨어지면서 저는 멀쩡하고 그만 와인 잔이 깨지고 말았습니다. 우아하던 몸매를 뽐내더니 유리잔은 박살이 나 조각조각 흩어지고, 남은 몸통이라곤 담장에 박힌 유리 잔해처럼 험악한 모양에 학 같은 긴 다리와 받침대밖에 안 남았더라구요. 저혈압에 좋다는 포도주를 한 잔 마시려고 와인 잔을 꺼낸 것부터가 잘못이었어요.

한 잔의 와인 대신, 손가락에선 붉은 피가 찔끔찔끔 나오고. 난 투박하기 그지없는 찻잔을 애꿎은 눈으로 째려보았습니다. 그러고 보니 고 옅은 쑥색이란 것이 얼마나 못나 보이는 색인지 초록을 제대로 담아내지도 못하고 누리끼리하군요. 진작 버렸어야 하는 건데…….

선잠이 깜빡 들었는지, 부엌에서 부스럭거리는 소리에 깨었습니다. 밤이 이미 깊어진 것 같았습니다. 정신을 가다듬고 부엌으로 나와 보니 아이쿠, 이게 웬일입니까요. 남편이 불란스 배불뚝이 잔을 들고 내가 방에서 나오는 걸 쳐다보며 어째 잔이 하나밖에 없어, 하지 뭡니까. 깨뜨린 건 아니겠지? 으, 응 하고 얼버무리려는데, 그 사람 눈치 하나는 기가 막혀요. 내 표정을 보고 바로 기겁을 하대요. 그게 어떤 건데 깨먹어 깨먹길! 나도 압니다요. 저번에 한국을 방문한 프랑스 여류작가가 뭔 와인을 줬거든요. 그때 그 와인을 분위기에 맞춰 마신다고 남편이 일부러 사온 것입니다. 그게 무슨 잔인지 알기나 알아? 부르고뉴 잔이라는 거야, 부르고뉴! 하긴, 부르고뉴 잔이 어떤 잔이고 부르고뉴 와인이 어떤 와인인지 당신이 알 리가 없지. 그건 프랑스 최고의 와인이란 말야. 칠칠맞지 못하기는 정말! 정말이지, 내 나이가 몇입니까? 살림하면서 와인 잔 하나 깬 것 가지고, 아니 벌써 몇 개 깨먹긴 했지만요, 암튼 살림살이 때문에 구박을 받을 군번이냐 이거죠. 애가 벌써 대학생입니다요. 하긴, 전 평생을 이러고 살아왔으니까요. 아니, 사실 이 정도는 멋진 분위기로 봐야 합니다.

남편은 작가입니다. 남편이 만나는 여자는 적당한 시기가 지나면 적당히 바뀝니다. 요즘 들어 그는 영역을 국제적으로 확장

시켰습니다. 저번에는 프랑스 작가 시몬느라나 뭐라나, 그 작가를 위한 웰캄 파티인가 뭔가를 한 날은 집에 들어오지도 않았습니다. 아니 다음날 늦은 밤에야 들어오더군요. 그 후부터 남편은 인터넷 들여다보고, 영어 사전을 뒤적거리는 횟수가 많아졌는데 그는 영어는 좀 하는데 불어는 젬병이거든요. 그 후 그녀가 두어 번 더 서울을 왔다 갔던 것 같아요. 이번 여름엔 프랑스에서 학회가 있는데, 작품 구상도 할 겸 한 달쯤 있다 온다더군요. 그리고 부르고뉴 지역에 있는 작은 마을들도 간대요. 뭐 와인 시음회가 있다나요. 그러라죠 뭐. 사실 나도 그가 떠나고 나면 당분간은 무척 바쁠 테니까요. 한 달이 결코 긴 시간은 아니지 않겠어요?

난 아무 대답도 하지 않았습니다. 그리고 부엌 다용도실로 가서 쓰레기봉투를 뒤졌습니다. 깨진 유리 조각 사이에서 삐죽이 옅은 쑥빛의 투박한 잔은 내가 버린 그대로 그곳에 있었습니다. 난 속으로 중얼거렸습니다. 부르고뉴인지, 블루고니인지 그까짓 잔 없다고 술 못 마시고, 와인 아니면 술이 아니더냐! 그리고, 그게 잔이냐? 어디 쬐끔 부딪쳤다고 깨지고…… 남 손이나 베고 말이야. 참, 그러고 보니 아까 유리에 베인 자리가 아주 쓰라리네요.

난 옅은 쑥빛 찻잔을 씻어 소주를 따라 남편이 마시고 있는 와인 잔에 부딪쳐 건배를 했습니다. 그리고 반창고를 붙인 손으로 부르고뉴인지 블루고니인지, 아무튼 깨져서 살벌하기 그지없는 촛대 같은 유리잔을 남편에게 흔들어 보였습니다. 그러는 나를 혐오스럽다는 듯이 바라보는 남편. 당연하지요. 그의 눈에 반창고 붙인 내 손가락 따위가 들어올 리가 없지요.

그러고 보니, 남편이 못 본 것이 하나 있습니다. 쑥빛 커피 잔에 따른 투명한 소주와 투명한 부르고뉴 잔에 따른 붉은 와인이 건배할 때는 얼마나 잘 어울리는지를요. 둘의 조화로운 색깔을 한번 상상해 보셔요. 그리고 그가 모르는 것도 있습니다. 마치 자신이 요즘 말로 하면 솔메이트라도 찾은 양 와인 와인 하며 흥분하여 다니지만, 그리 오래가지 않는다는 사실입니다.

남편은 잔을 흔들어 코로 먼저 술을 마셔 보는군요. 저건, 처음 부르고뉴 잔을 사와서 나한테 보란 듯이 한 강의랍니다. 와인은 이렇게 먼저 그 향으로 마시는 거야 하고. 내게 염원이 하나 있습니다. 그러니까 말입니다요, 나는 그가 와인 향에 취해 진득하게 거기서 아예 돌아오지 않기를 바란다는 말입니다. 나두 이제는 정리 좀 하고 살아야 할 군번이 되지 않았겠습니까? 정리 말이 나오니까 생각나는데요. 사실 나 요즘 정리녀가 되었습니다. 내가 정리녀로 변한 건 바로 남편에게서 프랑스 여행 말이 나오고부터입니다. 나로서는 젖 먹던 힘까지 다해 이를 악물고 시도한 계획이랍니다.

그저께 이 집 매도 계약을 했습니다. 남편이 부르고뉴 와인을 좇아 떠나면 정확하게 삼 일 후, 나는 남해에 있는 옛 친구 집 가까이 작은 집으로 이사를 갑니다. 남편 짐은 근처에 작은 오피스텔로 옮겨질 겁니다. 오늘은 깨져야 할 것이 정확하게 깨진 날이군요. 건배를 한 번 더 올려야 할 것 같아요. 참, 남편 오피스텔 열쇠는 누구에게 맡겨야 하는지를 아직 생각을 못했군요.

존재, 그 가벼운

김명이

백양 나뭇잎이 바람에 떨며 파르륵거렸다. 하얀 커튼 사이로 창밖을 바라보던 진이는 승민이 생각이 나서 한숨을 내쉬었다. 만날 때마다 약속 시간이 삐걱거리긴 했지만, 그깟 일로 헤어지자고 선언하다니 믿을 수가 없었다. 진이는 읽고 있던 〈리더스 다이제스트〉지를 무릎 위에 내려놓았다.

"시간 약속이 얼마나 중요한지 알아?"

진이는 약속 시간에 늦었다는 이유로 승민의 잔소리를 들어야 했다. 티격태격 다투다 데이트는 한 시간도 채우지 못하고 끝났다. 진이는 승민의 사고방식을 이해하려고 애써 보았다. 그에게 중요한 것은 시간 그 자체였다. 진이에게 무슨 일이 일어났는지보다 늦었다는 사실을 더 중시했다. 물론 승민은 다른 사람에게 피해를 주지 않기 위해서라고 말했다. 진이를 만난 후 승민이 만날 상대는 그의 어머니, 더구나 그 시간에 들어가겠다고 약속을 한 것뿐이었다. 오늘 승민이의 반응은 단순한 짜증이 아니라 더 이상 참을 수 없으니 헤어지자는 선언이 담겨 있었다.

오늘 진이가 늦은 이유는 구두 때문이었다. 외출 준비를 하고 햇빛 아래 나와 보니 구두가 옷과 전혀 어울리지가 않았다. 밤늦게 비가 온다는 일기예보로 무심결에 신은, 앞이 막힌 신발이 입은 옷과 색깔이 어울리지 않았다. 지금 가야 늦지 않는데……. 하지만 색상이 조화가 되지 않는 구두를 신고 하루 종일 수반될 고통을 상상하니 감당할 수 없을 것만 같았다. 정해진 시간에 도착하는 대신 하루 종일 자신의 옷에 어울릴 구두 컬러를 선택했다. 구두를 바꿔 신고 나서야 진이는 안도의 숨을 내쉬었다.

지난번 약속에 늦은 이유는 반지 때문이었다. 진이는 긴 골목길을 막 빠져나오고서야 손가락에 끼여 있어야 할 반지가 보이지 않는 것을 알아차렸다. 이렇게 맥이 빠지는 날엔 붉은색 반지를 끼고 가야 기운이 좀 날 텐데. 그녀는 이제 막 빠져나온 골목길을 되돌아가 보석이라기엔 너무 앙증맞은 루비 반지를 찾아 끼고 나니 흡족해졌다.

승민은 진이가 옷이나 구두 액세서리 같은 것의 조화에 집착하는 것을 이해하지 못했다. 그녀의 하루 기분을 좌우할 것들은 스카프, 핸드백, 목걸이, 팔찌…… 이런 것들이지 승민과의 약속 시간이나 그 다음 스케줄 같은 것은 안중에도 없었다. 진이가 완벽하게 보이면 보일수록 승민은 화가 끓어 올라 폭발하기 직전까지 간 적이 한두 번이 아니었다. 승민은 이것이 단순한 문제가 아니라고 생각했다. 그녀의 완벽 추구는 병적이야. 어떻게 사람보다 사물이 더 중요한 위치를 차지할 수 있어? 정해진 시간에 딱 맞춰 집에 들어온 승민은 마음이 편안해지는 것을 느꼈고 이별에 대한 결심을 굳혔다.

진이가 다시 펼친 〈리더스 다이제스트〉지에 눈에 확 들어온 단어 있었다. 색상강박증. 색의 조화를 이루는 사람들이 나만 있는 것은 아니네. 어쩔 수 없는 이별 앞에 눈물이 흘렀지만 진이는 마음을 가다듬고 기사를 읽어 내려가기 시작했다. 여자는 약속 장소 바로 앞에서 스카프와 신발을 사서 두르고 바꿔 신을 정도로 모든 색상이 완벽해야지만 사회생활이 가능하다고 한다. 아름다운 삶을 살기 위해 그 어떤 고통도 감수하는 사람들이 많았다. 그녀는 인터넷을 뒤져 색상강박증을 조사하기 시작했다. 그녀에게 필요한 것은 동호인이었지 비동호인은 아니었다.

하얀 손가락에 끼워진 에메랄드빛 반지가 하얀 린넨 원피스를 바탕색으로 반짝였다. 그녀 주위를 감싸고 있는 색상들은 각각이 아름다울 뿐만 아니라 서로 같이 어우러져 조화까지 이루고 있어 모든 것이 평온하고 완벽하게 느껴지기 시작했다. 진이는 시간은 다만 흐르는 것일 뿐, 언제든 한결같이 곁에서 그녀를 감싸주는 것은 색상이라는 진실 앞에서 창밖의 백양 나뭇잎처럼 파르르 떨었다.

시인의 비명悲鳴을 빌렸다

김민효

……우리의 인생은 우연에 내던져져서, 우연에 내맡겨져서 피할 길이 없게 되었다. 알겠느냐? 우연한 일에 말이다. 이 세상에서 어떤 일이 일어나든, 어떤 일이 내 위에 떨어져 내리누르든, 세워 두든, 우연한 사건이란 우연히 일어난다.

–보르헤르트의 「지붕 위의 대화」

도로가 좁아졌다. 콘크리트 구조물들이 드문드문 나타나기 시작했다. 그것들은 위태롭게 엎혀져 도로를 위협하고 있다. 어쩌다 마주치던 군용 차량도 보이지 않는다. 속도를 늦추고 룸미러로 뒤를 살핀다. 텅 비었다. 가시거리 안에 움직이는 것은 아무것도 없다.

11월에 눈발이라니……. 눈발이 조금 더 거칠어진다. 시야를 확보하기 위해 와이퍼를 조금 더 빨리 작동시킨다. 이제 한겨울 속으로 진입한 것 같다. 어디서부터 겨울이었지? 겨울은 입동 혹은 소설 등의 시간적 개념이 아니라 연천 혹은 철원 등의 공간적 개념이 될 수도 있다는 것을 새삼 깨닫는다. 10여 분 전에 코스모스가 흐드러지게 핀 풍경을 보았는데, 경계를 그을 새도 없이 코스모스와 눈발이 교체되었던 것이다.

아들에게 가까이 다가갈수록 눈발은 더 거세지고 있다. 무게를 이기지 못한 나뭇가지가 뚝, 뚝 부러진다. 저 눈발 속 어디쯤에서 아들은 나를 향해 다가오고 있거나 나를 재촉하는 손짓을 계속하고 있을 것이다. 엄마, 나를 데리러 와 줘. 이른 새벽 수신자부담으로 걸려온 전화 속에서 아들은 다급하게 나를 호출했다. 눈이 많이 내려 길이 막혔다는 것이다. 눈이 그치기를 기다려서 오는 게 낫지 않겠느냐는 말에 아들은 비명처럼 소리를 질렀다. 엄마~. 단 1분도 지체할 수 없단 말이야. '엄마' 라는 말이 가슴에 턱 박혔다. 현재로선 세상으로 통하는 유일한 문이

나밖에 없다는 절박함이 고스란히 전해졌다.

2년 전 그날도 아들은 눈 속으로 걸어들어갔다. 그러나 그때는 한겨울이었다. 신병들은 빨리빨리 부대 안으로 집결하십시오. 빳빳하고 각진 목소리가 확성기에서 울려 나왔다. 확성기의 목소리는 반복될수록 더 빳빳해졌다. 아들의 등을 부대 쪽으로 떠밀었다. 잔뜩 눈을 뒤집어쓴 아들이 몇 번이나 뒤를 돌아보았다. 또 다른 사람들의 아들도 그렇게 꾸역꾸역 떠밀려 들어갔다. 그들이 건물 뒤쪽으로 완전히 사라지자, 부대 정문은 다시 정적에 휩싸였다. 눈을 이기지 못한 소나무 가지가 부러져 정적을 깼다. 주차장까지 걸어오는 내내 나는 '엄마'라는 환청을 들었다. 몇 번이나 뒤를 돌아보았지만 부동자세로 서 있는 초병과 눈이 마주쳤을 뿐이었다. 초병의 존재를 의식한 순간 나는 또 다른 비명 소리를 들었다. '엄마'는 호칭이 아니라 비명 소리라고 했던 젊은 시인 신기섭의 비명 소리였다. 아들을 태우고 훈련소로 오는 내내 핸드폰은 시인의 죽음을 전해 오느라 요동을 쳤었다. 기섭이 소식, 들었어요? 충주 건대병원 영안실……. 주희. 연락 주세요. 언니야, 기섭이가 죽었다. 빨리 온나. 미희. 누나, 신기섭 사망. 즉시 연락 바람. 승우. 기섭이가 죽었대. 가야지?…… 문자 메시지를 확인하는 동안 온몸에 소름이 돋았다. 글자들이 모두 살아나서 꿈틀거렸다. 구물구물…… 꾸물꾸물…… 글자들은 모두 살아서 뒤섞이다가, 각각 머리를 곧추세웠다. 젊은 시인의 죽음은 쉽게 받아들여지지 않았다. 더구나 두 달여 전에 나는 그에게서 영혼 한 조각을 빌렸다.

내가 그에게 빌린 것은 그의 비명 소리였다. 나는 그것을 미니픽션 '가족사진'에 새겨넣었다. 그리고 그를 불러 '가족사진'을 낭독해 달라고 부탁했었다. 처음 약속과는 다르게 그는 '가족사진'을 펼쳐 보기만 했다. 이 비명 소리는 이미 누나의 영혼으로 녹아 버렸는데 뭐. 이것은 내 영혼이 아니야. 그는 자신의 것이 아니라며 한사코 낭독을 사양했다. 어쩌면 거부였을지도 모르겠다. 결국 그가 내지르는 비명 소리는 들을 수가 없었다. 이상하게도 다른 이야기까지 제대로 읽을 수가 없었다. 나는 왜 '엄마'라는 가족을 가져 본 적이 없다던 그에게 '엄마'라는 비명 소리를 강요하고 싶었을까? '엄마' 는 호칭이 아니라 비명이다. 그 말만 머릿속에 뱅글뱅글 돌았다. 우리는 모임이 파할 때까지 책을 다시 펴지 않았다. 연말에 다시 보자는 말을 인사로 나누며 우리는 헤어졌다.

아들의 입대 일자가 다가올수록 마음 둘 곳을 찾지 못해 허둥거렸다. 연말에 보자던 약속은 지켜지지 않았다. 읽히지도 않는 책을 읽으면서 날짜를 헤아리지 않았다. 그러나 헤아리지 않아도 하루하루는 쉽게쉽게 줄행랑을 쳤다. 그리고 아들은 치렁거리던 머리를 밀었다. 드디어 떠날 날이 된 것이다.

스물여섯 살. 시인이 아니더라도 스물여섯 살은 죽기에 너무 이른 나이다. 버스 승객 중 유일한 사망자였다는 것도 쉽게 이해되지 않는 일이다. 이것은 결코 필연이 아니다. 아니 우연인가? 나는 고개를 절레절레 흔들었다.

엄마, 어디다 정신을 팔고 있는 거야? 아들의 목소리에는 불안과 짜증과 두려움이 잔뜩 서려 있다. 세상에! 가까스로 앞차와의 충돌을 피한다. 룸미러로 아들을 살핀다. 아들의 민둥머리가 룸미러 안에 가득했다. 정신이 번쩍 든다. 그렇지. 몇 시간 후면 저 아이의 모든 자유는 합법적으로 박탈된다. 그리고 명령에 절대 복종할 것을 강요당할 것이다. 몸도 마음도 기계적으로 개조당할 것이고 생사여탈에 관한 권리도 그들이 저당잡게 될 것이다. 저 애의 아버지는 군인은 사람이 아니라고 말했었다. 그가 살아 있다면 저 애에게 똑같은 말을 했을까? 보다 그럴듯하게 남자라는 것을 강조하면서 여느 아빠처럼 아들의 등을 떠밀었을 것이다. 있지도 않은 그가 내 가슴을 후려쳤다. 그의 몫의 책임이 어깨를 무겁게 짓눌렀다. 젊은 시인의 죽음은 여느 세상사처럼 그렇게 밀어 버렸다. 그러자 울렁거리던 속과 다리의 떨림이 진정되었다. 그의 죽음은 그렇게 멀어졌다.

대전차 방호벽인지 뭔지 하는 콘크리트 구조물들이 더 자주 나타난다. 위태롭게 세워진 방호벽에도 눈이 수북하다. 모처럼 마주친 이정표마저도 눈을 허옇게 뒤집어썼다. 이 길이 어디쯤인지, 얼마를 더 가야 아들과 만날 수 있는지 가늠이 되지 않는다. 이 길로 곧장 가면 정말 아들을 만날 수 있을지 의심스럽다. 지금 들어선 세상이 몇 시간 전에 지나쳐 온 곳과 연결되었다는 확신이 서지 않는다.

눈은 쉽게 그칠 것 같지 않다. 브레이크를 밟을 때마다 차체가 심하게 요동친다. 핸들을 세게 붙들고 있는데도 바퀴는 제멋대로 헛돈다. 어디선가 나를 부르는 소리가 들리는 것 같다. 귀를 바짝 세운다. 눈이 자동차 바퀴에 짓이겨지는 소리와 바람소리뿐이다. 차창을 내린다. 찬바람과 함께 눈발이 한꺼번에 들이친다. 엄~마~아~. 뚝, 후두둑. 나뭇가지가 부러지자 얹혀 있던 눈이 흩뿌려진다. 눈가루가 천지를 가린다. 날리는 눈발과 흩뿌려진 눈보라가 한꺼번에 차 안으로 들이친다. 눈앞이 뿌옇게 흐려진다. 눈이 눈 속으로 들어간다. 눈을 뜰 수가 없다. 저절로 브레이크에 발이 옮겨진다. 힘을 세게 주지 않았는데도 바퀴가 요동친다. 꽈당. 찌이익. 바퀴가 헛돌더니 대전차 방호벽에 부딪히고 만다. 머리가 앞 유리창에 처박힌다. 차는 강한 반동으로 밀렸다가 제멋대로 미끄러지기 시작한다. 단단히 핸들을 붙잡아 보지만 차머리는 오던 방향으로 되돌려진 채 구덩이에 처박힌다. '눈길이나 빙판에서는 절대로 브레이크를 밟지 말 것'이라는 경고가 뒤늦게 생각난다. 핸들이 가슴을 압박한다. 숨쉬기가 어렵다. 움직이고 싶은데 손가락 하나 까딱할 수가 없다. 뜨듯한 것이 눈 속으로 줄줄 흘러든다. 아들의 뒷모습이 검붉은 눈발 속에서 흐릿하게 멀어진다. 엄~마~ 깊고 깊은 겨울 속에서 아들의 목소리가 들리는 듯하다. 아니, 내 마음 한 구석에 채무감으로 남아 있는 젊은 시인의 비명 소리 같기도 하다. 누나, 내는 엄마가 뭔지도 모른다. 그런데 왜 내 몸에서 '엄마'라는 비명 소리가 사라지지 않는지 정말 모르겠다. 이 비명 소리는 아예 누나가 가져가 버려라, 고마. 시인의 목소리가 생생하게 되살아난다. 버스가 전복되는 순간 그는 어떻게 비명을 질렀을까? 아, 슬픈 내력을 지닌 시인의 비명 소리는 함부로 빌리는 것이 아니다.

송곳니 족속의 부활

김민효

"중앙공원 갈대숲에서 변사체 발견. 최근 3개월 동안 연속적으로 일어난 살인사건과 동일한 수법에 의해 살해된 것으로 보인다. 목에는 날카로운 이빨에 물린 상처가 있고 얼굴과 몸 곳곳이 찢겨졌다. 상처가 끔찍한 것으로 보아 피해자가 거칠게 저항했던 것으로 추측된다. 피해자가 덕망이 높은 스님이었다는 것과 인적이 많은 도심 한복판 공원에서 살해되었다는 점이 대단히 충격적이다."

기자들을 따로 불러 브리핑을 할 사이도 없이 사건은 기사화되었다. 전화는 불통이 될 만큼 요동쳤다. 홈페이지 또한 다운

이 될 만큼 원성과 야유와 비난이 들끓었다. 경찰은 도대체 뭐 하고 있는 거냐. 우리는 허수아비들에게 세비를 낭비하고 있었던 거냐. 차라리 로봇에게 수사를 맡겨라. 강력반을 다시 조직하라, 등등. 댓글에 댓글까지 늘어나 비난과 야유는 끝이 보이지 않았다. 거기다 혹시 중세에 잠들었던 드라큘라가 부활한 것이 아니냐는 엉뚱한 의문을 제기하는 네티즌도 여럿 있었다. 그들이 제기하는 의문이 생뚱맞다고 할 수는 없었다. 살해된 피해자 모두의 목에는 날카로운 이빨자국이 있었다. 상처의 위치도 모두 일치했다. 시민들의 불안은 날로 증폭되었다. 연애를 할 때와 추수를 할 때를 제외하고는 서둘러야 하거나 재촉을 받아야 하는 일이 생길 것이라고는 상상도 하지 못했다.

공원을 산책하는 사람들이 눈에 띄게 줄었다. 놀이공원이나 유원지는 한산하다 못해 적막해졌다. 잔디밭에 앉아 게임을 하는 노인들도 집 안에 틀어박혔고, 희희낙락하며 제 짝과 어울리거나 제 짝을 찾기에 분주하던 젊은이들도 눈에 띄지 않았다. 안개가 서서히 밀려들 듯 불안이 사람들을 잠식하기 시작했다. 나른하기만 했던 22세기 끝자락에 팽팽한 긴장감이 서렸고 말

갛던 세상이 뿌옇게 흐려졌다.

경찰서로 부임한 이래 살인사건은 한 번도 일어난 적이 없었다. 병이 들거나 늙어서 죽은 사람은 있었지만 타의에 의해서 살해된 일은 생전 처음이었다. 더구나 세 사람이나 살해당했다. 책에서나 읽었던 이른바 연쇄살인사건이 일어난 것이다.

범죄심리학, 수사기법, 해부학 등을 공부하긴 했지만 현장에서 그것들을 활용할 기회는 거의 없었다. 『범죄의 역사』에서 읽었던 살인 · 강도 · 강간 · 방화 등의 강력범죄는 일어난 적이 없었다. 연쇄살인사건이란 것도 한 세기 전에나 있었던 희귀한 사건이라고 기술되어 있었다. 현 시대에는 동물을 도축하는 것은 물론이고 인간이 인간을 훼손하는 사건은 거의 일어나지 않았다. 혹시나 싶어 근현대 범죄 역사를 뒤적여 보았지만 강력사건이라고 규정했던 사건들이 백여 년 동안 한 번도 발생한 적이 없었다.

장 형사는 어디서부터 어떻게 접근을 해야 할지 막막하기만 했다. 수사라는 것을 해본 경험이 없기 때문에 실마리가 잘 잡히지 않았다. 자격을 얻기 위한 것이라고 밀쳐 버렸던 지식들을 진지하게 되새겨 보았다. 그 지식들을 활용할 일이 생겼다는 사실은 대단히 고무적이었다. 드디어 '형사' 로서의 존재감이 생긴 것이다. 한없이 늘어져 있던 일상에 탄력이 붙었다. 발걸음이 빨라지고 머릿속도 개운해졌다.

도서관에서 대출해 온 책을 펼쳤다. 『차가운 악』이라는 페이지를 펼치자 접힌 메모지가 끼워져 있었다. 인간은 풀과 곡식을 먹어야 한다고? 미친 놈!!! 육식의 시대는 다시 돌아올 것이다. 아멘. 잉크의 색감이나 필체로 보아 최근에 끼워진 메모 같았다. 자신보다 먼저 이 고서의 내용에 관심을 가진 사람이 있었다는 말이 되지 않는가. 육식의 시대가 돌아온다? 상상만으로도 소름이 끼쳤다. 엽기 영화나 역사물에나 등장하는 도축장의 풍경이 저절로 떠올랐다. CG 작업으로 연출된 장면이란 것을 뻔히 알면서도 소나 돼지들을 도축하는 장면은 끔찍했다. 가죽을 벗기고, 목을 자르고, 배를 가른 동물의 사체를 끝도 없이 매달아 놓은 장면은 오래도록 머릿속에서 사라지지 않았다. 잔혹하게 살해된 소의 사체를 어떻게 먹을 수 있었는지 이해하기 어려웠다. 영화 속의 인간들은 동물의 사체를 먹으면서 행복한 표정을 지었다. 1세기 전까지는 그야말로 야만의 시대였던 것이다. 또한 그들이 우리의 몇 대 위의 조상들이란 사실에 혐오감까지 일었다. 당대의 문화는 당대의 환경과 풍속으로 이해하고 해석해야 한다는 내레이션이 있었지만 역시 쉽게 이해가 되지는 않았다.

장 형사는 '육식의 시대'를 검색하기 시작했다. 히틀러라는 아이디를 가진 사람의 글이 눈에 띄었다. 인간이 육식을 포기하면서부터 자연의 질서가 무너지기 시작했다는 논조였다. 기하급수적으로 늘어난 동물들로 인해 인간의 공간은 형편없이 축소되었을 뿐만 아니라 동물들의 공격을 막기 위해서 도시 외곽에는 특별한 방호벽을 쳐야 하는 불행한 사태가 초래되었다는 것이다. 몇 겹의 성곽을 쌓은 것도 부족하여 담장도 겹겹이 둘러야 하는 사태를 자초했으며, 초식을 하고부터 인간은 한없이 게을러졌고 투쟁 의식도 사라져 버렸다고 개탄했다. 인간은 만물의 영장이다. 신은 인간에게 만물을 다스릴 권위를 위임하셨다. 자연과의 공존이란 인간의 존엄성을 부정하고 비하하는 말과 같다. 그러므로 다시 고기를 섭취하여 인간의 본성을 회복하여야 한다고 주장했다. 그 본성이란 공격적이고 투쟁적이며 미래지향적인 성향이라는 것이다. 그렇게 되기 위해서 과학계와 의학계는 퇴화된 송곳니를 복원시켜야 한다고 호소하고 있었다. 21세기로 돌아가야 한다는 주장에 찬성하는 네티즌들이 늘어나고 있다는 사실이 놀라웠다.

송곳니를 복원시킨다. 장 형사는 입속으로 되뇌었다. 아하! 송곳니, 사건의 단서를 찾은 것 같았다. 살해된 사람들은 모두 송곳니처럼 날카로운 이빨에 물려 죽었다. 도대체 이러한 송곳니를 가진 것은 어떤 족속일까? 장 형사는 거울 앞에 서서 입을 크게 벌렸다. 송곳니는 앞니와 어금니의 경계에 뭉툭하게 남아 있었다. 나머지 이들은 모두 맷돌처럼 넓적했다. 그는 동료들의 입도 살펴보았지만 송곳니가 부활되거나 복원될 가망성은 보이지 않았다. 그러므로 피해자를 물어뜯은 송곳니의 주인은 인간이 아닐 가능성이 높았다.

장 형사는 피해자들의 프로필을 검색하기 시작했다. 역시 예상이 맞았다. 그들은 하나같이 육식을 주장하는 사람들에게 적극적으로 반대 의사를 표했던 사람들이었다. 한 명은 환경단체 간부였고 다른 한 명은 육식주의의 폐해에 대해서 조목조목 반론을 펼친 학자였다. 그리고 중앙공원에서 발견된 변사자는 중앙공원에서 자주 법석을 여는 스님이었다. 장 형사는 바로 사이버수사대에 협조를 구하는 동시에 본청에 증원을 요청했다.

덫으로 설정된 형사 옆으로 긴 머리 여자가 다가가고 있었다. 장 형사와 그의 일행은 바짝 긴장했다. 그러나 여자는 덫을 지나쳤다. 긴장이 막 풀리려는 순간 덫이 그녀를 따라가기 시작했다. 여자가 들어간 건물은 청소년 쉼터였다. 덫도 여자의 뒤를 따라 건물 안으로 들어갔다. 장 형사는 묘한 긴장감에 사로잡혔다. 지금까지 한 번도 경험해 본 적이 없는 긴장감이었다. 머리칼이 올올이 서고 온몸의 근육이 뻣뻣해졌다. 머릿속을 싸고 있던 딱딱한 껍질이 한꺼번에 벗겨지는 쾌감이 온몸으로 전해졌다. 덫으로부터 위험 신호가 전해졌다. 장 형사와 그의 일행은 담장을 뛰어넘어 건물 안으로 들어갔다. 모두 꼼짝하지 마. 덫을 에워싸고 있던 청년들의 시선이 일제히 이들에게 쏠렸다. 긴 머리 여자는 덫의 멱살을 잡은 채 돌아보았다. 여자가 덫의 멱살을 놓았다. 덫은 바닥으로 나가떨어졌다. 이미 기절한 상태였다. 여자가 신호를 보내자 청년들은 괴성을 지르며 달려들었다. 그들의 눈빛은 굶주린 짐승처럼 번뜩거렸고 치아는 맹수의 이빨처럼 뾰족하고 날카로웠다. 마치 사자나 호랑이가 공격해 오고 있는 착각에 빠질 뻔했다. 발사. 장 형사의 명령에 따라 그의 동료들은 일제히 마취총과 가스총을 발사했다. 청년들과 여자는 단번에 쓰러졌다.

주방의 냉장고에는 토막 낸 동물의 사체가 가득 들어 있었고 오븐과 냄비에도 굽거나 익힌 고기들로 가득했다. 장 형사와 그의 일행들은 모두 마당으로 뛰어나갔다. 그들은 한참 동안 구토를 했다. 마당에 쌓인 동물의 머리와 뼈다귀를 보고 그들은 다시 토하기 시작했다. 마치 지옥 속으로 추락한 기분이었다.

원장의 금고에서 나온 일지에는 청소년들의 훈련 과정이 세밀하게 기록되어 있었다. 이곳의 청소년들은 유아기 때부터 특별한 방식으로 은밀하게 키워지고 있었던 것이다. 아이들은 이름 대신 전사 1, 전사 2, …… 하는 식으로 불리고 있었다.

본청의 대병력을 동원하여 쉼터는 샅샅이 수색되었다. 지하실의 풍경은 상상을 초월하는 것이었다. 수천 년 전으로 시간을 되돌려 놓은 것 같은 착각을 일으킬 정도였다. 수십 명의 청년들이 고대의 전사 복장으로 훈련을 받고 있었다. 청소년들은 한결같이 송곳니가 발달되어 있었다. 넓적한 이를 뽑아내고 뾰족한 송곳니로 박아 넣은 아이들도 많았다. 대제국의 영광을 위하여 전사들이여 깨어나라. 너희들은 초식동물이 아니다. 고기를 먹고 인간성을 회복하라. 사방의 벽에는 붉은 구호가 새겨져 있었다.

육식주의자의 쿠데타 음모는 차단되었다. 그러나 이 사건은 시민들에게 어마어마한 충격을 안겨 주었다. 맹수보다 더 위험한 대상이 인간이라는 사실을 알고 경악했다. 그들은 과거가 역사 속에 박제된 것이 아니라는 사실도 깨닫게 되었다. 역사는 반복되며 인간의 욕망은 결코 채워질 수 없다는 것도 알게 되었다. 육식의 징후는 여러 곳에서 나타나기 시작했고, 송곳니를 가진 사람들도 공공연하게 커밍아웃을 시도했다. 경찰의 조직이 강화되었다. 시민들은 자신들의 안전을 보장할 강력한 지도

자를 원하게 되었다.

장 형사 이는 어때? 나는 송곳니가 새로 나려는지 아파 죽겠어. 경찰서에 도착하자 동료 형사가 물었다. 장 형사는 욱신거리는 송곳니를 지그시 물었다.

30년 동안의 오해

–

김병언

신정원이라는 여자 가수가 부른 〈불씨〉, 〈개똥벌레〉, 〈유리벽〉, 그리고 독도와 백두산에 관한 노래의 작곡가로 꽤 알려진 H는 내 군대 시절의 내무반 졸병이었다.

당시 내가 근무했던 부대는 미군과 합동 근무를 하던 특수부대였기에 영어를 어느 정도 구사할 능력이 있는 사병을 보충대에서 선발했다. 그래서 대개가 서울에 있는 대학 출신이었다. H는 메릴랜드대학 다니다 왔다 해서 유학생인 줄 알았더니 미8군 영내에 있는 대학이라 했다. 그는 당시에도 프로급인 기타 솜씨로 자작곡을 부르곤 했는데 꽤나 들을 만했다. 술도 가히 고래였다.

그리하여 그는 곧 이틀이 멀다 하고 벌어지곤 하던 취침 점호 후 술파티의 주요 멤버가 되었다. 자연 그와 나는 외출을 함께 나가 바깥에서도 어울릴 만큼 친해졌다. 그러다 내가 그를 때린 사건이 발생했다. 단 한 차례도 졸병을 구타하지 않겠다던 나의 결심이 제대를 불과 몇 달 앞두고 무산돼 버린 것이었다. 그러니까 H에게 손찌검을 한 것이 내 32개월의 군대 생활을 통해 단 한 번의 오점으로 남게 되었다.

사건의 전말은 이러했다.

그날은 몹시 추운 겨울이었다. 나는 주번 하사로서 밤에 중대본부를 지키다가 새벽 2시부터 4시까지 부대 외곽을 경비하는 동초로 H를 내보냈다. 그런데 문득 그가 추위를 피해 경비지역을 이탈, 내무반에 있을 것 같은 생각이 들었다. 긴가민가하며 내무반에 가봤더니 아니나 다를까 그가 신발까지 벗은 채 침대에 누워 자고 있는 것이었다. 나는 그를 두드려 깨워 밖으로 내보내곤 중대본부로 돌아왔다. 아무리 군대 생활을 개판으로 하더라도 경계 근무만큼은 제대로 해야 한다는 게 내 지론이었다. 그러고 나서 30분쯤 지났을 때, 또 의심스러워지는 것이었다. 한 번 다녀갔으니 이제 안 오겠지 하고 그가 내무반에 들어가 있을 것 같다는. 그래서 다시 내무반에 가봤는데 역시 나의 추측이 맞았다. 나는 좀 화가 났다. 나는 동초 근무가 끝난 후 중대본부로 오라고 해서 그에게 벌을 내렸다. 기상 시간인 5시까지 한 시간 동안 중대본부 사무실 바닥에 무릎을 꿇고 앉아 있게 했다. 공과 사는 구분해야겠지만 평소에 친한 사이인지라 가벼운 벌을 준 것이었다. 그 일이 그렇게 끝났으면 좋았을 텐데, 나는 불행히도 며칠 후에 영내에 있던 스넥바에서 그와 맞닥뜨렸다. 나는 먹을거리를 사서 그가 앉아 있는 식탁으로 가 마주 앉았다. 그때 술을 마셨는지는 기억나지 않는다. 그와 나는 평소와 같이 이런저런 얘기를 나눴는데 그의 입에서 이런 말이 나오는 것이었다.

"형이 나한테 그러니까 참 우습더라"는. 나는 그 말을 듣자마자 시쳇말로 뚜껑이 열려, 뭐가 어째? 이 새끼가, 라고 소리치면서 그의 얼굴을 주먹으로 후려쳤다. 한 번으로 분이 풀리지 않아 두세 번을 더 때렸다. 그는 얼굴을 양손으로 감싸쥐고 홀

쩍훌쩍 울었다. 짧은 기간이었지만 그 후부터 내가 제대할 때까지 그와의 관계가 서먹해졌다.

그로부터 약 10년 동안은 그를 만나지 못했다. 왜냐하면 우리 부대의 동기회가 그때쯤에야 결성된 때문이었다. 1~2년 전후로 군 생활을 했던 10여 명이 한 해 한두 번은 모임을 갖는데 제대 후 30여 년이 지난 오늘날까지도 계속되고 있다. 그도 나도 빠지지 않고 모임에 나가는 편이니까 매년 만나는 셈이다. 그러다 보니 그도 나도 머리가 희끗해졌다. 어쩌면 지금까지 만난 횟수보다 만날 횟수가 더 적은지도 모를 일이다. 올해 들어선 지난 2월에 전반기 모임을, 교대역 근처의 어느 오리고기 요릿집에서 치렀다. 그날 그가 불쑥 내게 이렇게 물었다.

"형, 그날 나를 왜 때렸어?"

그동안 한 번도 그 일을 입 밖에 꺼낸 적이 없어 이제 잊었는가 했더니 아직 응어리가 남아 있나 싶었다. 30년도 더 지나서 묻는 걸 보니 그로서도 무척 아픈 기억인 게 틀림없었다. 한편으로는 의아했다. 왜 맞았는지 아직도 모른단 말인가?

"인마, 네가 나를 우습다고 했잖아. 그게 우스운 일이었어?"

"언제 내가 우습다고 했어? 무섭다고 했지. 형이 나한테 화를 내고 벌을 주니까 무섭다고 한 건데."

나는 잠시 멍청해졌다. 그가 그날 얘기를 끄집어내지 않았다면 오해가 영영 풀리지 않았을지 몰랐다. 나는 참으로 오랜 세월이 지나서야 그에게 미안하다고 말했다. 영문도 모른 채 내게 맞은 그는 얼마나 섭섭했을까. 그러니까 눈물이 나와서 훌쩍훌쩍 청승맞게 울기도 했을 테지. 다 큰 녀석치고 그 장면에서 좀 어울리지 않는 행동이라 좀 어색한 느낌이 들기도 했었다. 그때 왜 우냐고 물어 보기라도 했으면 좋았을 텐데……. 나는 이 일에서 하나의 경구를 얻었다.

-우스운 것은 무서운 것이다.

……말이 되나?

도미 한 접시

–

김의규

작은 여행가방 하나 달랑 들고 집을 나선 그녀의 한쪽 눈에 잠시 고이는 듯 도로 스며 사라진 차가운 눈물 한 방울. 그것이 무엇으로 솟았다가 무엇 때문에 사라졌는지를 문득 생각하다 그녀는 결심한 듯 머리를 가로저으며 생각하기를 그만두었다. 잔걸음을 재촉하여 새벽길을 총총히 떠난 그녀의 뒷모습을 망연히 바라만 보던 그녀의 집 창문은 천천히 눈을 감고, 무슨 말이라도 할 듯 반쯤 열린 대문도 종내 입을 다물었다.

집 안의 사내는 창과 문에 판자를 대고 굵은 대못을 박았다.

남은 몇 개의 대못으로 제 두 눈과 가슴, 아래턱으로부터 위턱까지 관통하여 박은 후 욕조에 무겁게 누워 물을 틀었다. 푸른 혈관을 타고 나온 붉은 생명이 시나브로 번져 넘치며 녹슨 하수구 관 속으로 열 지어 빨려 들어갈 때 네 번의 괘종시계 소리가 울리고 추는 멈추었다.

푸르름 가득한 바다에 이른 붉은 물 한 줄기, 그것에 모여든 물벼룩들을 눈여겨보던 도미 한 마리가 비늘을 번뜩이며 달려들었다. 그리고 포착된 또 하나의 꿈틀대는 붉은 것 하나, 그마저 놓칠세라 단숨에 삼키자 입천장을 뚫는 은빛 바늘. 도미는 알 수 없는 힘에 이끌려 물 밖으로 나왔고 곧 상추가 깔린 흰 접시에 눕혀졌다.

사내는 은테 안경 속 두 눈을 반들거리며 도미살 한 점에 초장을 찍어 그녀의 얇은 입술에 갖다 대었다. 앙다문 입술이 배시시 벌어지며 그녀의 가지런한 흰 이빨이 웃었다. 연분홍 도미살이 목젖을 간질이며 속 깊은 곳으로 들어가자 그녀는 얕은 신음 소리를 내며 소주잔을 들었다. 그녀의 흰 목에 푸른 혈관이 부풀었다. 괘종시계가 네 번 울렸다. 댕댕댕댕…….

은어銀魚의 꿈

김의규

이 넓은 바다 속에 조심해야 할 것들은 왜 이다지도 많은지, 나같이 작은 물고기에게도 이 바다는 온갖 두려운 것들로 가득 차 좁게만 여겨진다.

날치도 나와 같은 생각이어서 물을 박차고 하늘로 날아 오르려는 걸까?

하늘, 그곳은 어떤 곳일까? 물살에 하늘거리는 바다풀, 그 틈에 섞여 즐겁게 하늘거리는 지느러미의 웃음이 하늘이란 뜻과 같은 것일까?

조심할 것들 중에서도 가장 조심해야 할 것은 인간의 꾀라고 늙은 거북영감이 말했었다. 인간 세상을 몇 번 다녀온 그도 인간의 꾀는 도저히 짐작도 못하겠다고 했다. 그게 왜 생기며 또 무엇 때문에 바뀌는지를.

너무 작아 잘 뵈지도 않는 뱅어 · 새우 · 멸치 따위마저도 촘촘한 정치망으로 싹싹 훑어 잡아 버리고, 고래 힘줄보다도 더 질긴 낚싯줄, 한 번에 입천장까지 꿰뚫는 낚싯바늘, 그리고 도저히 빠져나올 수 없는 통발, 어항…….

그렇다. 그 통발에 나는 지금 걸려들었다. 이 넓은 자유의 품속에 담가 놓은 옹색함 속에 갇혀 있음이라니……. 어떤 물고기라도 언젠가는 다 죽는다. 나 또한 그럴 것이니 죽음은 받아들여야 하는 것이다. 아마 생명의 빛은 죽음의 그림자 없이는 이뤄질 수 없는 것, 다만 생명과 죽음 사이에는 놀이라는 기쁨이 있는 것이다. 마음대로 놀 수 있는 기쁨이란 것이.

아! 아침이 되었나 보다. 희부연 빛살이 내려오고 있다. 통발이 건져지고 있다. 숨이 갑갑해진다. 더 좁은 곳으로 가게 될지 모른다고 생각하니 숨이 막힌다. 온몸이 뻣뻣해지고 숨이 멎는 것 같다.

"허, 거참 요즘 은어들이 씨가 말랐나? 요런 새끼손가락만한 것들이 통발에 한두어 마리뿐이니……."

김씨는 전날 쳐놓은 통발들을 건져 올리며 걱정이 끓어올라 한입 가득 가래를 긁어모으며 단숨에 힘껏 '칵' 하고 멀리 뱉어 버렸다. 딸년 대학 등록금, 마누라 병원비, 약값……. 또다시 가슴 깊은 곳에서 가래가 거글거렸다. 김씨는 된침을 다시며 반쯤 피우다 끈 꽁초를 곧게 펴 불을 붙여 물었다.

"이봐, 김씨! 그래도 이만하면 금을 잘 쳐준 거요. 지난번 텔레비전 아침 방송에 은어회, 은어코다리가 어쩌구 하는 바람에 찾는 사람이 많아 이만큼이나 받는 거요. 좀 많이나 잡아 오든가, 아니면 씨알이라도 굵든가."

공동어판장 최씨는 사들인 고기들을 종류대로 갈라서 중간 도매상으로 보낼 채비를 서두르며 국내산임을 증명하는 딱지를 통마다 꼼꼼하게 붙였다. 그리고 수익금과 몇몇 공무원, 중국산을 국산으로 바꿔 판 가지가지 생각들이 뒤섞여 굵은 주름 속이 더 깊어졌다.

"아이고, 아줌마. 이 은어 오늘 잡아서 바로 올라온 거예요. 봐요, 은빛이 얼마나 싱싱한가? 이게 성질이 급해서 잡으면 바로 죽어서 그렇지 오래된 것이 아니에요. 이것 갖다가 당장 회를 쳐도 좋고 양념간장에 조려도 좋고 지져도 좋고."

생선 좌판 박씨 아줌마는 검은 비닐봉투에 은어 작은 것으로 골라 두 마리를 덤으로 넣어 주며 은어 두 마리 값을 잽싸게 생각했다. 문득 덤이 없으면 재래시장은 죽는다는 시장 조합장의 갈라진 목소리가 귓속에 쨍하고 울려 도리질을 치면서 그 소리를 털어내며 중얼거렸다.

"덤 주다가 재래시장 죽기 전에 내가 먼저 죽겠네, 지미럴!"

"여보~ , 오늘 저녁, 당신 좋아하는 은어튀김 해놨어요. 와인도 사놨는데 곧장 들어와요. 알았죠?"

전화를 내려놓고 미영이 엄마는 고개를 갸웃했다. 생선에 적포도주가 맞는지, 백포도주가 맞는지……. 배 과장의 딸 초등학생 미영이는 숙제를 다 해야 준다는 엄마의 말에 은어튀김의 고소한 맛을 생각하며 부지런히 숙제를 했다. 그날 배 과장은 부인의 말대로 일찍 집에 왔다.

직장 상사인 한 부장, 조 차장, 신입 여사원까지 데리고…….

어떤 풍경

-

김의규

한 사내아이가 큰길에 우두커니 서서 텅 빈 하늘을 올려다보았다. 고 또래의 계집아이가 쪼르르 다가와 곁에서 같이 하늘을 올려다봤다. 곧이어 동네의 크고 작은 꼬맹이들이 달려와 모두 하늘 한 곳을 보았다. 지나던 사람들이 가다 말고 아이들이 보는 하늘을 쳐다보았다. 점점 더 많은 사람들이 모이고 또 모여 하늘을 살폈다. 사람들이 구름처럼 모여 웅성거리자 경찰들이 왔다.

도로가 막히고 교통이 되질 않으니 해산하라고 했으며 사전

집회 신고를 하지 않았기에 불법 집회라고 했고 불응하는 자는 연행하겠다고 하자, 누군가 "폭력 경찰은 물러가라" 고 소리쳤다. 이에 군중들이 따라 연호를 하자, 그 중에는 현 정부의 정책을 질타하는 이도 있었고 야당을 두둔하는 자도 있었으며 그 사이를 비집고 다니며 생수와 김밥을 파는 자도 있었다. 또한 심판날이 임박했다며 회개하고 교회에 나오라며 확성기를 들고 다니는 거리 전도사들도 있었다.

한 사내아이는 그 소란을 피해 빠져나와 한적한 곳에서 다시 하늘보기를 하였다.

하늘엔 거품 같은 구름이 꾸역꾸역 생기다 흩어지고

그것은 서서히 소의 모양이 되기도 하고

이름 모를 철새가 줄지어 날아갔고

헬리콥터가 장난감처럼 떴다.

초여름 햇살이 굵기를 달리하며 아이의 이마 위에 쏟아져 내렸다.

아내가 사는 법

김정묘

"빨랫줄에 걸린 저 옷…… 뭐야? 헬스는? 끝낸 거야?"

아내에게 한꺼번에 묻긴 물었지만 나는 지금 상황에 아무 해당도 없는 '여자의 변신은 무죄'라는 말을 떠올리고 있었다.

"도복이야, 선무도라구, 요가랑 비슷해. 무술도 배울 수 있대."

"무술이 아니라 도술 아냐?"

"몸짱이 아니라 내공을 쌓아서 맘짱이 되려는 거지."

나는 몸짱인지 맘짱인지 장아찌나 담그는 게 어떻겠냐고 하려다 그만두었다.

우울증을 이겨 보자고 운동을 시작한 아내는 벌써 몇 번째 운동 종목을 바꾸고 있었다. 나이 오십을 바라보는 아내는 흡사 시대별 운동 변천사를 답사라도 하는 것 같았다. 수영녀와 에어로빅녀를 거쳐 등산녀를 지났으며, 달리기녀를 거치더니 봄부터 헬스와 함께 하는 요가녀에 입문한 것이 최근까지 내가 알고 있는 아내의 운동 변천사였다. 운동 이름 뒤에 '녀' 자를 붙인 건 아내의 발상인데, 그 운동의 '자녀' 라는 뜻이라고 했다. 유산 우울증을 운동으로 털고 일어난 아내에게 운동은 단순한 운동 차원이 아니었다. 아이를 핏덩이로 쏟은 충격 때문인지 아내는 유난히 맨몸으로 하는 운동만 고집했다. 나는 몸에 대한 '집착' 이라고 말하지만 아내는 몸에 대한 '자각' 이라고 늘 고쳐 주었다. 삶은 결국 몸을 쓰는 일이라는 게 아내의 믿음이었다.

아내가 새로운 운동에 입문할 때마다 빨랫줄에는 보고서처럼 새 운동복이 내걸렸다. 조개껍질 같은 수영복이 걸렸다 사라지면 인형옷 같은 에어로빅 타이즈가 걸리고, 등산복과 배낭이 깃발처럼 흔들리고, 육사생 같은 트레이닝 바지가 슬라이드 쇼처럼 지나가곤 했다. 운동복이 바뀔 때마다 나는 아내 대신 작별을 고했다.

잘 가거라, 헬스녀…….

아내는 '신비스럽고 당연한 종말'이라고 말하지만 나에게는 전혀 신비스럽지도 않고 당연하지도 않은 운동복의 종말을 맞이할 때마다 서글픔이 밀려왔다. 유산된 아이처럼 아직 더 갈 역이 남아 있는 기차표를 내고 중간에 내려 버리는 기분이었다. 울긋불긋한 운동복 속에 배어 있던 아내의 공허한 가슴이 쿵쿵 울리며 내 가슴을 딛고 지나갔다. 머리띠를 두르고 땀복을 입고 운동화 끈을 조여 매고 숨이 콱콱 막히도록 뛰는 아내의 모습은 마치 이 세상 살아가는 길이 더 잘 보이도록 해달라며 기도하는 사람 같았다. 어찌됐든 확실한 것은 우울할 때마다 슬픔이니 공허니 하면서 말로 풀고, 술로 푸는 나와 다르게 아내는 몸을 쓴다는 것이었다.

말처럼 뛰고, 새처럼 날아다니고 싶은 기분~ ~ 야생 그대로의 느낌이 좋아~ ~.

아내는 무슨 노래인지 흥얼거리며 도복 바지를 갈아입었다.

"무슨 운동이건 운동을 하면 그 속에 마음을 편안하게 해주는 데 필요한 건 다 있는 것 같아. 몸이 마음먹은 대로 되어 주면……."

말끝을 흐리고 아내는 다리를 벌리고 두 팔을 양껏 펼치더니 그대로 앞으로 숙였다. 그리곤 바닥에 고꾸라질 듯이 엎드려서 숨을 푸— 내쉬었다. 바람 빠진 풍선처럼 아내의 몸이 쭈글쭈글 구겨지는 것 같았다. 그것도 잠시, 아내는 있는 힘껏 온몸에 힘을 주었다. 두 팔을 동물의 앞발처럼 바닥에 고정시킨 채 허리를 쑤욱 집어넣자 등이 부챗살처럼 펴졌다. 마지막 숙였던 고개를 드는 순간, 나도 모르게 뒤로 물러섰다. 마치 호랑이가 어흥— 하고 달려드는 것 같았다. 산 정상에 홀로, 바람을 가르고 서서 자신 속에 아무것도 남지 않을 때까지 몸을 움직이는 삶, 아내가 사는 법이었다.

바람과 함께 사라지다

-

김정묘

우리는 어디에서 와서 어디로 가지요?

사람들은 그에게 묻듯이 이름으로만 남은 그의 곁에 빙 둘러섰다. 하지만 그 역시도 이 물음에는 아무런 답을 할 수 없었다. 삶의 무게를 느낄 수 없는 그는 촛불이 바람에 흔들리며 쓰러졌다가 다시 일어서는 모양을 그저 덤덤히 지켜볼 뿐이었다.

스님이 그의 이름을 불렀다. 그는 가볍게 일어나 촛불 앞에 섰다. 그의 옆에 섰던 사람들이 숨죽여 흐느끼기 시작했다. 그는 스님의 요령 소리를 따라 귀를 크게 열어 보려고 애를 썼다.

요령소리는 장단을 맞추듯 끊겼다 이어지고 이어지다가 끊기기를 반복했다. 마치 예전에 그가 즐겨 부르던 노래 소리처럼 들렸다. 아니, 그의 귀에 들리는 건 분명 노래 소리였다. 타향살이 몇 해던가 ~~ 부평 같은 내 신세가 혼자도 기막혀서~~.

스님의 요령 소리를 따라 절 마당으로 나온 그는 하늘을 올려다보았다. 어디로 향하는지 새들이 줄지어 마당을 가로지르며 법당 뒷산을 넘어갔다. 그는 초파일 때마다 아내의 이름을 적어 등을 달았던 단풍나무 아래로 갔다. 북에 두고 온 어린 아내가 생전처럼 그의 앞에 서서 웃고 있었다. 선방 앞 단풍나무는 단풍이 곱게 물들어 있었다. 이제 생각하니, 그가 살았던 고단한 한세상도 단풍나무가 서 있는 정겨운 마을 풍경에 지나지 않았다.

그는 초파일 밤 등불처럼 오랜만에 사람들을 향해 웃었다. 그리고 그의 이름이 활활 타오르는 향로 속으로 들어갔다.

나무 허공장 보살. 나무 허공장 보살. 스님의 독경이 끝났다.

재를 위해 모였던 사람들은 촛대를 법당으로 옮기고 위패를 태운 향로를 걷었다. 뒤에 남았던 사람들마저 떡과 과일 쟁반을 들고 공양전으로 내려갔다.

바람처럼 왔던 그가 바람과 함께 사라졌다.

아담의 전처와 후처

김 혁

〔수시〕

무릇 종교란 무엇인가? 그건 마치 각자의 마음속에 난 길과 같아서, 믿지 않는 사람들에겐 존재하지 않지만, 믿는 사람들에겐 보이는 세계보다 더 확실하게 존재하면서, 이 미망과 혼돈과 사악함으로 점철된 세상에서 정의와 평화 그리고 참된 진리의 길로 이끌어 주는 안내자요, 힘없고 가난하고 고통받는 사람들을 따뜻하게 감싸주는 피난처가 아니던가?

그런데 어떻게 힘세고 많이 가진 사람들만 위할 수가 있을까? 어떻게 내 길만이 진리고 네 길은 가짜라는 독선이 있을 수 있으며, 네 길을 버리고 내 길을 따르라는 오만이 있을 수 있으며, 나는 믿는 순간부터 이미 구원을 받았고, 너는 아무리 열심히 믿어도 영원히 구제불능이라는 망집이 있을 수가 있을까?

만일 그런 자가 있다면 그는 종교가 무엇인지도 모르는 눈먼자요, 제 종교조차도 제대로 믿지 못하는 엉터리요, 자신의 허물과 죄악과 어리석음을 남한테 뒤집어씌우려는 사기꾼이요, 종교를 빙자해서 한탕을 노리는 투기꾼일 뿐이다.

그런데 한심하게도 그런 자들이 고도의 정보화 시대라고 하는 지금 기승을 부리고 있으며, 그것도 한 나라의 고위 관리로 행세하며 버젓이 활개치고 다니고 있으니, 이를 어찌하면 좋을꼬.

〔**본칙**〕

여기 재미있는 이야기가 있다. 아담에게는 이브보다 먼저 얻은 아내가 있었다. 에덴동산에서 아담과 한날 한시에 태어나 자란 여자였는데, 비록 뚱뚱하고 못생기긴 했지만 마음을 터놓고 주고받을 수 있는 진정한 친구였고, 나중에 커서 서로 사랑한 끝에 사탄의 주선으로 결혼을 했던 것이다. 그리고 그 아내와의 사이에 아이들이 여럿 있었다.

아담은 그 후 등장한 날씬하고 예쁜 이브에게 반해서, 밤마다 애를 태우며 갈빗대가 빠지는 듯한 고통으로 몸부림쳤다. 그리고 온갖 수단과 방법을 다 동원해서 유혹한 끝에 결혼에 성공하였다. 이미 아내와 자식이 있다는 사실을 철저하게 비밀에 부쳤음은 물론이었다. 하지만 오래지 않아서 비밀은 들통이 났고, 이브는 마침내 위선으로 둘러싼 낙원을 떠나기 위해 질투라는 금단의 사과를 따먹고 말았다.

신은 추방 명령을 내렸고, 어쩔 수 없이 에덴동산을 떠난 원조 '아담스 패밀리'는 모계를 중심으로 갈라져 따로따로 정착해서 살았다. 그리고 신의 또 다른 분신인 사탄의 가르침대로 땅을 일구고, 사냥을 하고, 열매를 따는 등 땀흘려 일하면서 열심히 살았다. 자연히 자식들도 많이 태어났는데, 그 중 상당수는 사탄의 자식이었다.

세월이 흘러서 아담이 늙어 죽게 되었을 때, 모든 자식들이 그의 머리맡에 모여들었다. 그리고는 자연이 정통성 시비가 벌어졌다. 언젠가 신으로부터 낙원으로 돌아오라는 부름의 은총에 대비하기 위함이었다. 자식들은 서로 자기가 적임자라고 주장하였다. 하지만 아담은 아무 말이 없었다.

자식들이 하도 재촉하자 마침내 아담이 죽기 직전에 입을 열었다.

"잘 듣거라. 너희들 중 그 누구도 내 자식이 아니다!"

"……."

"그리고 명심하거라. 너희는 모두 다 똑같은 신의 자식들이다!"

〔송〕

오오! 진리를 혼자서만 독차지하고, 신을 혼자서만 독점하고 있는 그대들은, 신보다도 더욱 위대하고, 진리보다도 더욱 거룩하도다!

하늘의 태양을 사람들이 하도 자기네 것이라고 우기고, 독차지하려고 싸우니, 태양은 꼴이 보기 싫어서 자신을 똑바로 쳐다보지도 못하게 만들었도다!

광우병과 콩밭

-

김 혁

〔수시〕

우리 속담에 "콩밭에 소를 매고도 할 말이 있다"는 말이 있다. 자고로 그런 속담이 전해 내려온다는 것은, 그만큼 우리 주변에서 힘 있고 지체 높은 자들에 의해서 경우 없고 막돼먹은 횡포가 숱하게 자행되어 왔다는 걸 말해 주는 증거라고 하겠는데,

소를 매려면 풀이 무성한 언덕이나 너른 들판에 끌고 가서 매야지, 남이 애써 농사지은 콩밭에다 매는 게 어디 될 법이나 한 소리인가. 그러고도 사과를 하기는커녕 오히려 콩밭 주인에게 "소가 배가 고파서 콩 좀 뜯어먹었기로서니 뭐 그리 대수인

가”, “하필 왜 여기다 콩을 심었느냐”고 큰소리를 친다면 이런 뻔뻔하고 기가 막힐 노릇이 어디 있단 말인가.

또한 마음은 콩밭에 가 있다고, 풀만 뜯어먹고 살게 되어 있는 초식동물인 소를 빨리 키울 욕심에 양이나 소 내장을 사료에 섞어 먹여 키우다 광우병이 발생하고, 또 그걸 허겁지겁 얼렁뚱땅 들여와서 국민들에게 은근슬쩍 먹이려다가 엄청난 저항에 부딪쳐서 큰 사단이 벌어지고 말았으니 이를 어찌하면 좋을꼬.

〔**본칙**〕

여기 재미있는 이야기가 있다. 어느 마을에 소를 많이 키우는 부잣집이 있었는데, 땅이 없어서 소작을 부치는 대부분의 마을 사람들에게 소작료를 많이 받는 것은 물론, 평소에 소가 없어서 농사짓기 힘든 집에 소를 빌려 주고 높은 사용료까지 받아 챙겨서 원성이 자자했다.

그런 어느 날 부잣집에서 소 몇 마리가 한꺼번에 죽었다며, 소를 잡아서 온 동네에 싼값으로 푸짐하게 돌리는 일이 벌어졌다. 이게 웬 횡재냐 하고 동네 사람들은 오랜만에 포식을 하였다. 쇠고기를 그렇게 실컷 먹어 보기는 난생처음이었다.

그 후 이상한 소문이 돌기 시작하였다. 자신들이 먹은 고기가 몹쓸 병에 걸려 죽은 소라는 것이었다. 흉흉한 소문과 함께 불안하고 찜찜해하던 차에, 사람들이 하나 둘 원인을 알 수 없는 병을 앓다가 급기야 죽어 나가기 시작하였고, 평화롭던 마을은 순식간에 공포감에 휩싸였다.

마을 사람들이 모여서 대책을 논의한 뒤 부잣집으로 몰려가 따졌다.

"썩은 고기를 먹게 한 데 대해 책임지시오!"

"그게 썩은 고기라는 증거가 있소? 소가 병으로 죽은 건 사실이지만, 사람이 먹어도 아무 문제 없으니 그리들 아시오."

"그 말을 어찌 믿으라는 말이오?"

"우리 집안사람들도 다 먹었으니, 괜찮다면 괜찮은 줄 아시오."

"어쨌거나 우린 도저히 받아들일 수 없소. 피해 보상과 재발 방지 약속을 하시오!"

"자꾸 그렇게 나오면 소작 부치는 거 다 회수할 테니 썩 돌아들 가시오!"

분을 참지 못한 마을 사람들은 이래 죽으나 저래 죽으나 매한가지라면서, 야밤을 틈타서 부잣집에 불을 싸지르고는 마을을 떠났다.

〔송〕

베적삼이 흠뻑 젖도록 땀을 흘리며 콩밭 매는 아낙네여! 포기마다 눈물로 심은 금쪽같은 콩밭을 미친 소가 들어와서 마구 짓밟기 전에, 미리미리 두 눈 크게 뜨고 감시하세나!

살아서는 마지막 한 방울까지 우유를 짜주고, 죽어서는 고기와 가죽까지 몽땅 바치는 나를, 칭찬은 못 해줄망정 내 동족을 처리하고 남은 쓰레기까지 나한테 먹여서 병들게 하고는 미친 소라 부르다니, 에라 이 짐승만도 못한 인간들아! 그러고도 당신들이 사람이냐?

사족蛇足에 대한 몇 가지 오해

박명호

뱀의 물건이 둘이다는 놀라운 사실을 나는 비교적 어린 나이 때부터 알고 있었다.

어린 시절 시골 장터에서 흔히 볼 수 있는 약장수들은 늘 여러 마리의 뱀을 가지고 다녔다. 약장수는 길다란 뱀의 머리통을 잡고서 '비―암, 비―암' 하면서 비음이 잔뜩 들어간 목소리로 사람들의 호기심을 유도했다. 그러면서 나머지 한 손으로 뱀의 몸통을 쭉― 훑어 내려가다가 갑자기 멈춘다.

"이것이 무어냐? 따스한 봄날 애새끼들이 뱀을 잡아 가지고 놀다…… 뱀 다리 봤다, 뱀 다리 봤다, 하는데…… 뱀 다리가 아녀요. 좆이에요, 좆."

그러면서 약장수는 하얀 촉수처럼 비져 나온 다리 모양의 뱀 좆을 구경꾼들에게 보여줬다. 그럴 때면 어김없이 나오는 유명한 약장수 대사가 나온다.

"애들은 가라, 애들은 가라~"

약장수 호통에 애들은 물러나기는 했지만 그렇다고 정말 자리를 뜨는 애들은 아무도 없었다. 앞자리에서 어른들 뒷자리로 밀려났을 뿐이었다. 호기심을 누를 길 없던 우리들은 약장수 언변에 정신이 팔려 있는 어른들 틈 사이로 볼 것은 다 보고 있었다.

"이놈들은 이것이 둘이라서 붙었다 하면 사십팔 시간, 하나씩 교대로 스물네 시간……."

나중에 사족을 배우면서 몇 가지 의심나는 것이 있었다.

뱀에게는 족이 없다. 다만 두 개의 족처럼 생긴 좆이 있을 따름이다. 중국 고사는 오해에서 비롯되었다. 바보가 아니고서는 없는 뱀의 족을 왜 그렸을까? 그는 사실 뱀의 발을 그린 것이 아니라 감춰져 있는 뱀 좆을 그린 것이니 잘못된 그림이 아니었다. 그러므로 '사족'의 진정한 의미는 '불필요한 것의 덧붙임'이 아니라 '표현의 잘못'인 것이다.

도시락 ABC

—

박명호

1. A

A는 점심시간이 되면
슬그머니 교실을 빠져나온다.
그가 가는 곳은 수돗가였다.
A가 물을 먹을 때는 꼭 꼭지를
입 속으로 깊게 밀어넣고는 빨아 마신다.
일찍 돌아가신 어머니 생각 때문인지
허기 탓으로 빨리 물을 마시려는 건지

점심시간에 애꿎은 물이나 마시는 것이 부끄러워선지
아니면 에라, 내가 뭐 하는 자학 심정이었는지
아무튼 A는 어른이 된 지금도 물을 게걸스럽게 마신다.
배가 불러 오도록, 아니 허기가 채워지도록
꼭지를 빨다가 얼굴을 들면
그 시간 물을 마시러 온 또 다른 아이들이
A처럼 머리를 처박고 수도꼭지를 빨고 있었다.
그 모습은 흡사 어미돼지 젖꼭지에 달려든 돼지새끼들과 같았다.

2. B

B의 담임선생님은
배가 자주 아프셨다.
선생님이 배가 아플 때마다
B는 도시락을 먹을 수 있었다.

3. C

C는 노래를 잘 부르는 줄 알았다.

4교시 음악 시간이면

선생님은 꼭 노래 잘하는 사람을 뽑았다.

C는 언제나 일등을 했다.

일등에게는 선생님의 도시락이 상으로 주어졌다.

C는 학년이 바뀔 때까지 정말 노래를 잘하는 줄 알았다.

때로 망각이 필요하다

–

백경훈

오토바이 굉음

시속 135킬로미터

아직 그녀의 목소리 들린다.

시속 150킬로미터

굽은 길을 쓰러지듯 돈다. 그녀는 이 길을 좋아했지.

시속 170킬로미터

속도감을 잃다. 그녀의 목소리, 모습 사라지다. 대소大笑……. '나타나엘'이여, 애초에 그녀는 지나갔어야 할 존재임을 아느냐. 헛된 욕망, 낡은 반복, 식은 열정, 이러한 것들이 그녀임을 아느냐.

시속 ……

상습의 중력을 벗고, 햇빛의 문을 열고 두 바퀴가 튀어 오른다. 빛과 어둠의 팽팽한 대치, 그곳이 공배空排. 잠시 공배가 되어라. 가장 가까운 기억에도 자신을 찾을 수 없는 분리. 그러니까 공배는 각각의 현존 사이에 놓이는 차단막인 것임을. 망각인 것임을. 관성을 거슬러 지독한 속도로 거슬러 망각으로 벌거숭이 될 때 새 빛 또는 날것, 아 생심生心한 그것들이 실오리처럼 다가오는 것임을.

자, 이제 고요롭구나. 짙은 망각이로구나. 그 너머로 두 바퀴가 나아가고 있구나. 기쁘구나.

이상한 나라의 달리기

–

백경훈

나라 없는 나라, 나라 아닌 나라. 팔레스타인의 한 쪽 조각, 요르단 강 서안지구의 라말라 시. 그 한복판에 자리잡은 작고 둥근 마나라 광장. 섭씨 42도. 우리네 70년대쯤 되어 보이는 도시의 광장은 차와 사람이 아무렇게나 뒤섞였고 끔찍하게 더웠다.

2007년 여름, 마나라 광장 한 모퉁이. 폭군처럼 몸뚱이를 두드려 대는 한낮의 열기 속에서 나는 자카리아 씨를 만났다. 그는 시인이자 라말라에서 발행하는 한 잡지의 편집장이었고 나는 한국에서 그 잡지를 읽은 적이 있었다. 그것을 계기로 신문

기자인 나는 팔레스타인을 취재하기 위해 이메일을 보냈고 라말라에서 그와 대면했던 것이다. 언제 무슨 일이 터질지 모를 낯선 땅에서 인사를 나눈 나는 그를 따라 광장 근처의 어느 카페로 들어섰다. 커피를 주문하자마자 그는 나와 구면인 양 말을 쏟아냈다.

– 3일 전, 한낮이었죠. 이스라엘 정보기관원 두 명이 이 카페로 들어왔습니다. 그 중 한 명이 천연덕스럽게 권총을 뽑아 저쪽 자리에 앉아 있던 한 젊은이에게 총알 두 발을 발사하고 유유히 사라졌습니다. 젊은이는 그 자리에서 죽었고 아무도 이유를 모릅니다. 이유라면 단지 그가 하마스*의 일원이라는 거겠죠.

흰 머리카락이 잔뜩 섞인 자카리아 씨의 눈이 안경 너머에서 힘을 잃었다. 슬퍼 보이진 않았다. 그저 마른 종이 구겨지는 듯한 안기眼氣가 어릴 뿐이었다.

– 세상에…….

– 별로 놀랄 일도 아닙니다. 탱크나 장갑차도 수시로 들어와 마구 포탄을 쏘아대고 총을 난사합니다. 이곳은 이스라엘의 전

쟁 연습장밖에 안 됩니다. 차라리 놀이터라 해야겠죠.

그의 말은 빨랐지만 덤덤했다. 내가 말을 할 새도 없이 혼자처럼 말을 하고는 잠시 멍한 눈을 깜박였다.

– 나갑시다. 오면서 보셨겠지만 그래도 장벽 앞에 꼭 같이 가고 싶군요.

커피가 아직 반이나 남았고 더위도 채 식히지 못했다. 그래도 나는 아무 대꾸 없이 그를 따라 나서며 생각했다. 초면이었지만 그는 무언가에 늘 쫓기며 사는 슬픈 짐승 같다고.

마나라 광장엔 그새 수백 명의 사람들이 몰려들어 구호를 외치고 있었다. 총에 맞아 숨진 젊은이를 추모하며 이스라엘을 규탄하는 집회라고 말한 자카리아 씨는 무엇이 그리 바쁜지 나를 이끌고 어느 미니버스에 올라탔다. 오십을 넘긴 나이에도 그는 하여간 말과 행동이 매처럼 빨랐다. 그곳에서 장벽까지는 대략 15킬로미터. 한 5분쯤 달렸을까. 그가 혼잣말처럼 입을 열었다.

– 나는 팔레스타인, 이곳 라말라에서 태어났습니다. 그리고 스물다섯 살 때 외국 유학을 가기 위해 여기를 떠났습니다. 이

스라엘 정부는 딱 2년간의 외국 체류 기간을 내게 주더군요. 그것도 정확하게 2년 후, 떠나는 날짜에 맞춰 돌아오라고 못을 박았습니다. 가난한 유학생이었던 나는 미처 여비를 마련 못해 그 날짜를 이틀 넘겼습니다. 국경에서 나는 입국을 거절당했습니다. 언제 내가 이곳 내 고향에 다시 돌아온 줄 아십니까?

동예루살렘과 서안지구를 가르는 칸란디아 검문소 근처. 그곳부터 높이 8미터, 길이가 장장 800킬로미터에 달하는 콘크리트 장벽이 독 품은 이무기처럼 동서로 뻗어갔다. 버스에서 내린 우리는 불어닥치는 열풍을 헤치고 장벽 앞으로 걸어갔다. 주변에는 동물 배설물이 여기저기 널려 있었고 비닐봉지들이 마른 먼지와 함께 뒹굴었다.

탁! 탁!

재빨리 장벽 앞에 다가간 자카리아 씨가 두 손으로 장벽을 세게 두드렸다. 그러고는 몸을 획 돌려 내 눈을 똑바로 보며 말했다.

– 제2의 나크바**! 야비한 이스라엘리들이 세운 겁니다.

2000년 살아온 우리를 우리 땅에서 이제까지 400만 명이나 쫓아낸 것도 모자라 이젠 이런 벽으로 우리를 감옥에 가뒀습니다. 이 장벽을 넘는 것은 곧 죽음입니다. 통행증이 없는 나는 저 검문소도 지나갈 수 없습니다. 저주스러운 이 벽은 사라져야 합니다. 아까 내가 얼마 만에 고향에 돌아왔나 아느냐고 물었죠. 25년 만이었습니다. 상상이 갑니까? 25년 동안이나 저들은 내게 입국허가를 내주지 않았습니다. 그 세월은 내게 피맺힌 벽이었습니다. 그런데 돌아와 보니 이번엔 이런 천인공노할 벽이 나를, 우리를 동물처럼 가둬 두고 있습니다. 이것이 오늘의 팔레스타인입니다. 나는, 우리는, 나라 없는 나라 그러니까 지구상에서 가장 이상한 나라의 두 발 짐승이구요.

여전히 그의 얼굴과 말투는 무서우리만치 무덤덤했다. 그렇기에 그의 말이 더욱 얼음송곳처럼 나를 파고들어 속에서 와락 뜨거운 것이 치밀었을 때, 그가 내게 뜻밖의 말을 던졌다.

– 이번 가을부터 나는 달릴 것입니다.

– 네? 달리다니요?

– 이 장벽 800킬로미터를 따라 나는 달릴 겁니다. 몇 년이 걸

리든, 달리다 죽어 넘어지든 나는 이 저주의 벽을 세상에 더 알리기 위해 죽기 살기로 달릴 것입니다. 25년 동안 내 안에 뿌리박힌 절망의 벽을 허물기 위해서라도 나는 달릴 것입니다. 그걸 한국인들에게도 알려 주기 바랍니다.

그때까지 나는 카메라를 꺼내지도 못했었다. 검문소 위의 망루에서 내게 총을 겨누고 있을 것 같은 불안감 때문이었다. 그의 말을 들은 후에야 나는 카메라를 들어 장벽을 향했다. 망루를 향해서도 렌즈를 곧추세웠다. 그리고, 장벽 멀리 마른 눈길을 보내는 자카리아 씨의 모습을 필름에 담았다.

한국에 돌아가 인화를 하면 필경, 자카리아 씨와 숨진 젊은이가 장벽을 따라 나란히 뛰는 모습이 인화지에 선명할 것이라는 생각. 왠지 그런 뻐근한 생각이 폭염 아래, 자카리아 씨의 눈길 너머로 서늘하게 달려가고 있었다.

---

* 팔레스타인의 한 정파.
** 대재앙, 1948년 이스라엘 건국과 1차 중동전쟁으로 80여만 명의 팔레스타인인들이 고향에서 쫓겨난 사건을 이르는 말.

헤어핀

—

서지원

5그램짜리 셔틀콕이 나의 백 바운더리 라인을 향해 높고 깊숙이 날아든다. 코트 높이 날아오다가 툭 떨어질 듯 내려앉는 그녀의 드리븐 클리어는 분명 위협적이다. 어디 그뿐인가. 우리 편이 받아넘긴 셔틀을 강한 힘과 스피드로 되넘겨 화살처럼 내리꽂아 넣는 그녀의 스매시에는 서릿발 같은 바람이 인다. 코트를 헤집고 다니는 그녀의 머리 위에는 오늘따라 붉은 보석이 촘촘히 박힌 헤어핀이 불빛에 반짝이고 있다.

그녀가 우리 클럽에 처음 나타났을 때, 우리는 영락없는 오십대 초반의 아주머니로 보았다. 뒤에 누군가가 일흔을 눈앞에 둔

세 손자의 할머니라고 일러주어서 모두 자신의 눈을 의심해야 했는데, 라켓 두어 자루를 비스듬히 등에 지고 체육관을 들어서는 모습은 강호의 고수를 찾아 나선 검객의 모습 그것이었다.

특히 그녀의 드롭샷은 가히 살인적이다. 클리어나 스매시 같은 것으로 드라이브를 거는 것쯤이야 웬만큼 코트에서 뛰어 본 사람이면 대적할 수 있는 기본기이지만 드롭샷만은 다르다. 죽을힘을 다해 적진 깊숙이 날려 보내는데도 셔틀이 조금만 높다 싶으면 속도를 갑자기 팍 줄여서 네트 가까이에 떨어뜨리는데, 이를 받아넘기기 위해서는 자세가 허물어지게 마련이고, 그 공은 다시 매서운 반격으로 되돌아오기 때문이다.

그녀의 가장 무서운 공격 무기는 헤어핀이다. 힘껏 쳐 날린 나의 공을 대수롭지 않다는 듯 툭, 건드려 네트 위로 살짝 넘겨서 떨어뜨리는 것을 보면 부아가 저절로 치밀어 오른다. 한 길이나 뛰어올라 죽을힘을 다해 공을 칠 듯하다가 왜 느닷없이 자세를 바꾸어 공의 스피드를 죽이는 식으로 상대를 속이느냐 말이다. 이런 지능적이고 교묘한 페인트모션은 스포츠에서 기량이라는 이름으로 벌이는 기만극이라 할 수 있지 않은가.

정정당당하게 겨루어야 할 스포츠에서 알량한 페인트모션으로 상대를 속이다니! 성의를 다해, 최선을 다해 경기에 임해야지, 죽을힘을 다해 날려 보낸 나의 공을 성의 없이 툭 건드리는 식으로 대응해서 상대의 김을 빼고, 이로 인해 승리를 얻는 것이 어떻게 스포츠 정신인가.

연속하던 동작을 갑자기 바꾸는 것은 근육을 급격히 이완 또는 경직시키고, 이는 필연적으로 불규칙적인 심장 박동과 호흡을 수반한다. 장이 꼬여 배가 아플 수도 있다. 하여간 장기에 급격한 충격을 가하는 것이므로 신체적으로 매우 유해하다. 그보다 더 유해한 것은 정신적인 부정직성에 있다 할 것이다. 행동과 심리 상태는 상호 작용을 하는 것인데, 변덕과 눈속임을 부단히 연마하는 셈이다. 기만적인 행위와 태도의 표변, 행위의 이중성은 비신사적인 행동으로서 인격적 파탄으로 이어지지 않겠는가?

이런 부도덕한 행위와 계속 상대해야 하고, 그렇게 작성되는 승패에 내가 과연 희생되어야 하는가. 나는 분노하면서 그러한 행동으로 나를 계속 약올리는 동작 하나하나에 대하여 저주했다.

오늘따라 그녀가 그린 역U자형의 포물선이 검은 구공탄 집게처럼 보이는가 하면 그 집게를 들고 욕지거리를 퍼붓는 순댓집 뚱보 여편네가 연상되다가, 구공탄 집게 모양의 장팔사모를 꼬나든 검은 털복숭이 장비張飛가 떠오르는 것이었다.

"왜 사람을 자꾸 속이는 거요?"

내가 문득 장비처럼 소리치자 그녀는 생글생글 웃으며 아무렇지 않게 대꾸했다.

"아저씨 또 열 받으셨네."

장비와 대적하던 여포의 날카로운 방천화극과 불꽃과도 같은 그 창끝을 상상하다가 문득 그녀의 머리 위에 빛나는 헤어핀의 붉은 보석이 눈에 들어왔다. 언젠가 그것이 진짜 루비라고 자랑하던 말이 떠오르자 느닷없이 동탁의 품에 안겨 여포에게 추파를 던지는 초선이까지 연상하기에 이르렀다.

공은 다시 앙증맞은 헤어핀을 그리며 내 코트 앞에 사뿐히 내려앉았다. 그녀가 또 공의 파워와 스피드를 팍 죽이며 날려 보낸 결과였다.

스코어가 점점 벌어지고 있다. 나는 전세를 만회하기 위해

기를 쓰고 라켓을 휘둘렀다. 거친 숨을 내뿜으며 괴성을 지르고, 땀을 뻘뻘 흘리며 코트를 누볐다. 그러나 건성으로 가볍게 툭 툭 치는 그녀의 셔틀을 막을 재간이 없었다. 반환점을 그린 스코어 때문에 나는 반대편 코트로 밀려나고 말았다.

게임이 속계되었다. 순간, 네트 앞 마룻바닥에 붉은 무엇이 시야에 들어왔다가 사라졌다.

'헤어핀!'이라고 속으로 외치는 순간, 그녀가 넘긴 U자 모양의 셔틀콕이 또 나의 속을 뒤집어 놓으려는 듯 하늘하늘 흔들리며 가볍게 넘어왔다. 반사적으로 두어 걸음 앞으로 돌진하는데,

"아, 내 헤어핀!"

하는 그녀의 외침이 울렸다. 그녀의 검은 머리가 네트 밑으로 박히는 순간, 나의 시야에는 역사力士 삼손의 모습과 잘린 머리카락을 쥐고 울부짖는 눈먼 삼손의 모습이 스치고 지나갔다. 나의 운동화는 삼손의 머리카락 위에 꽂힌 그 붉은 줄무늬의 헤어핀을 서슴없이 덮쳐 눌렀다. 그리고 발목이 접질려질 만큼 힘차게 비틀었다.

고추장과 나비

안영실

해마다 초겨울이면 어머니와 함께 고추장을 담근다. 봄고추장이 좋다는 사람이 많지만 아파트에서는 늦가을에서 초겨울이 좋다. 장은 담그기보다 간수하기가 어려운데, 간장 된장과 마찬가지로 고추장도 햇볕이 중요하다. 겨울에는 해가 짧은 대신 볕은 더 깊이 들어오고, 날이 차가우니 고추장에 곰팡이 필 일이 적다.

햇볕은 베란다에 겨우 거북이 등짝만큼만 발을 들여놨다가는 나가 버린다. 그나마 해의 기울기에 따라 그 장소가 바뀐다. 그래서 우리 집 항아리들은 햇볕을 따라다닌다. 햇볕의 방향을 따라 하루에도 몇 번씩 항아리를 옮겨놓기 때문이다. 장맛은 입맛이기에, 그것을 지키기 위해서는 항아리를 잘 간수해야 한다. 알맞게 익은 장은 밥상의 맛을 한 차원 높여 준다. 그러니 음식 솜씨를 탓할 게 아니고 장맛을 탓할 일이다.

해마다 고추장을 담그지만 어쩐지 어머니가 계시지 않으면 나는 고추장이 잘못될 것 같은 기분이 든다. 그래서 고추장 담그는 날에는 어머니를 청한다. 오늘도 어머니는 아침이 채 기지개를 펴기도 전에 오셨다.

"고추장 담가야 한다면서 여태 밥도 안 먹었냐?"

걱정스런 얼굴로 어머니는 엿기름을 걸러 놓은 함지박을 들여다본다.

"찹쌀도 불려 놓고 항아리는 볕에 잘 말려 놓았지?"

어머니는 이것저것 들여다보면서 지청구를 늘어놓는다. 어머니가 오시긴 했지만 정작 고추장을 담그는 사람은 나다. 어머니는 그저 내 뒤에 앉아 감독하고 잔소리를 할 뿐이다. 젊은 시절에는 어머니의 잔소리가 싫었는데, 이젠 도리어 잔소리를 청해 듣는다. 내게는 그 잔소리가 묵은 장처럼 익숙하고 친근하다.

"눋지 않게 죽을 잘 저어야 한다."

죽을 젓는 내 뒤통수에 어김없이 어머니의 잔소리가 날아왔다. 찹쌀 알갱이는 끓는 엿기름물 속에서 죽이 되고 있다. 날 벼린 칼처럼 예민하던 내가 세상살이에 물러터진 죽처럼 흐물흐물해졌듯. 잠시 나는 끓는 죽처럼 분탕질해 대던 시절을 떠올렸다. 찹쌀은 찰기를 포기할 때까지 죽을 끓여야 한다. 잘 삭고 물러터져야만 저 고추처럼 매운 시련을 만났다 해도 견딜 수가 있다. 그렇게 해야 함께 무르녹아 고추장으로 익는다. 익고 나면 고추장은 찹쌀 본래의 찰기와 윤기를 회복한다.

"메주가루에 죽을 먼저 부어야지요."

잘 알면서도 나는 다시 어머니에게 여탐한다.

"그래야 잡균이 죽는 게다."

장은 누룩을 발효시켜 만드는 음식이다. 잡균이 들어가면 곰팡이가 피고 장맛이 변한다. 장맛이 변하면 먹을 수가 없으니 더 이상 장이라고 할 수 없다.

"참 이상하죠, 엄마? 이렇게 뜨거운 죽과 섞이는데, 어떻게 누룩은 남아서 장맛을 낼까요?"

나는 어머니를 돌아다보며 물었다.

"그러게 선한 것이 더 강하다고 하지 않던?"

뜻밖의 대답에 나는 어머니를 바라보았다. 빙그레 웃고 있는 어머니의 머리 위로 노란 나비 한 마리가 펄럭거리며 날아올랐다.

"난 요즘 엄마가 왜 이렇게 예쁜지 모르겠어."

나는 고추장을 젓던 긴 주걱을 놓고 기어코 어머니의 볼을 꼬집었다. 어머니의 볼에 빨간 고추장이 묻었다.

"아이고, 숭해라. 다 늙어빠진 할망구가 이쁘긴."

볼에 묻은 고추장을 손가락으로 찍어 입으로 가져가면서 어머니는 기쁜 표정을 감추지 못한다. 요즘 나는 할머니들을 보면 그렇게 예뻐 보일 수가 없다. 허리가 꼬부라지고 백발이 되도록 자신은 끓는 죽이 되어, 고추처럼 매운 세상에서 살아남은 사람들. 그런 생각이 들면 나와 상관없는 노인들이지만, 나는 이상스레 고마운 마음마저 든다. 내게 팔순의 어머니가 계셔서인지, 혹은 이제 나도 저 고추장 같은 세상맛을 조금 알아서인지 모르겠다.

"내가 얼마나 더 고추장을 담글지 모르겠구나."

"아유, 엄만. 십 년 전에도 그런 말 한 거 알아요?"

나는 짐짓 아무렇지도 않은 듯, 농담을 한다. 그러나 팔순의 어머니에게는 이 세상에서의 여행이 그리 길게 남지는 않았을 것이다. 요즘 어머니는 지하철을 타고 버스를 타고 무작정 여기저기 다닌다. 친구들은 모두 돌아가셨거나 아파서 함께 다닐 사람도 없다. 어머니는 혼자서 서울 '도심순환버스'를 타고 경복궁과 창경궁의 돌담을 지나고, 동대문과 청계천을 돌아 온다.

"어디 다니실 때 조심하세요. 수술한 무릎이며 허리가 시원찮은데."

이번에는 내가 어머니에게 잔소리를 한다. 어머니는 익숙한 듯 달콤한 표정으로 그러겠다고 한다. 어머니도 나처럼 잔소리를 묵은 장맛으로 여기는가 보다.

"저런, 아직 뜨거울 때 소금을 넣어야 잘 녹는다고 몇 번이나 말했니."

다시 어머니의 지청구를 듣는다. 나는 간수를 뺀 깨끗한 소금을 뜨거운 고추장에 넣어 젓고 또 젓는다. 고추장을 담그려면 팔에 알이 밸 각오를 해야 한다. 세상엔 거저 얻어지는 것은 없다. 커다란 주걱으로 점점 되직해지는 고추장이 담긴 함지박을 젓고 젓다 보면 어깨며 팔에 서러움처럼 피곤이 앉는다.

"애야, 힘들 때는 그저 소금처럼 살아라. 지독하게 짜게 굴어야 돼. 녹록하게 굴면 시끄러운 것들이 곰팡이를 피우려고 덤벼드는 법이야. 그러지 않으려면 단속을 잘 해야지. 그럴 땐 이 소금만 한 게 없어."

어려움을 겪던 시절에 어머니에게서 들었던 말이었다. 고단한 살림이었지만 어머니는 우리 사남매를 알뜰하게 키웠고 씩씩하게 살림을 했다. 아마도 어머니 자신도 소금처럼 지독하게 짜게 굴었던 게 틀림없다.

"고추장에 혹독하게 매운 청양고추와 달콤한 물엿을 함께 넣는 이유를 아냐?"

나는 대답하지 않는다. 그저 어머니에게서 다시 날아오른 눈부신 노란 나비를 보며 배시시 웃는다. 징하게 맵고 지독하게 짠 세월을 살다 보면, 언젠가 내게도 저런 노란 나비 한 마리가 날아오를 날이 올지도 모르겠다. 매운 고추장에 숨은 아주 작은 달콤함처럼.

성모 1

-

안영실

목수인 한 남자가 있었다. 평생을 나무를 자르고 파고 다듬으며 살아왔다. 어느 날 돌아보니 자신의 인생이 하잘것없는 듯 여겨졌다. 남기고 갈 것도 이렇다 하게 얻은 바도 없었다. 벼메뚜기의 하루 뜀뛰기도 되지 않을 남루한 인생이라는 생각이 들던 날, 문득 그는 성모상을 만들겠다고 결심했다.

"사람으로 태어났다면 세상에 뭔가 남기고 가야 하는 거야."

성모상을 만들겠다는 그의 선언에 아내는 감동할 일이 아니라는 듯 혀를 찼다.

"당신 뱃살부터 빼시구려. 그걸 그대로 두면 오래 못 살고 말

거라고요."

아내의 으름장에 그는 자신의 배를 내려다보며 잠깐 풀이 죽었다. 그러나 성모상을 향한 그리움은 날로 커졌다.

좋은 나무를 선택하는 일이 첫 번째 해야 할 일이었다. 평생 나무를 다루어 왔기에 그는 나무에 대해서 누구보다 잘 알고 있었다. 무엇이 좋은 나무이며 나무의 결이 어떤 흐름을 드러낼지 알았다. 그러나 막상 나무를 선택하려고 하자 어려운 문제가 생겼다. 성모의 피부를 잘 표현해 줄 수 있는 나무가 무엇인지 떠오르지 않았기 때문이었다. 평생 나무를 만지면서 살았다고 하지만, 그가 만든 것은 거의 책상이나 콘솔, 책꽂이 그리고 혼수용 장롱과 같은 가구였을 뿐이었다. 사람의 형상이나 동물을 나무로 조각해 본 일은 없었다. 가구용 판재라면 적당한 나무를 잘 선택할 수 있었겠지만, 성모의 온화하고 자애로운 느낌을 표현해 주는 나무를 만나기는 힘들었다.

그의 작업실 뒤편에는 느티나무 둥치와 오리나무가 있었다. 느티나무는 재질이 굳고 단단하며 무늬가 좋아서 성모상을 표현하기에 적당해 보였다. 그러나 늠름하고 젊은 기상을 품은 느티나무는 성모의 이미지와는 전혀 달라 보였다. 오리나무는 습기를 먹으면 잘 썩으며 뒤틀고 갈라진다. 목기를 만든다면 몰라도 실물 크기의 성모상을 만들기에는 적당하지가 않았다. 그는 적당한 나무가 나타나기를 오래도록 기다렸다. 산에 나무가 있다고는 하지만 마음대로 벌채를 해서 쓸 수는 없었다. 산림청의 허가를 얻은 나무이거나, 주인이 있는 나무를 주인의 허락을 받고 얻어야만 했다.

나무를 얻었다고 해도 생나무를 그대로 쓰는 경우는 거의 없었다. 나무는 베어낸 지 어느 정도의 시간이 지나 적당히 말라 있어야 한다. 어떤 나무는 지나치게 마르면 작업을 하기 힘들 정도로 단단해지는 나무도 있다. 그런가 하면 오동나무는 몇 년씩 비바람을 맞으며 밖에서 뒹굴며 지내야 작업에 적당한 재목이 된다. 그러니 쓰기에 좋은 나무를 얻는다는 것은 전생의 인연을 만나는 것처럼 시간과 기다림이 필요한 일이다.

어느 날 죽은 호두나무의 처분을 부탁하는 사람이 나타났다. 호두나무는 목질이 단단하고 치밀해서, 습기에도 비틀리거나 갈라지지 않는다. 또 기름기가 많아서 대패로 밀어놓으면 아지랑이 같은 윤택이 난다. 그는 나무를 보자마자 마음이 설레었다. 이 정도 크기의 나무라면 고운 윤택이 나는 성모상을 만들 수 있을 것 같았다. 커다란 호두나무를 자르고 실어 오는 데 꼬박 하루가 걸렸고, 그는 몸살을 얻었다.

정작 작업을 시작하면서 그는 나무의 가운데가 몹시 썩어 있음을 발견했다. 마음먹은 대로 모양을 내기가 힘든 상태였다. 무거운 나무를 힘들게 옮겨온 그는 나무를 포기할 수가 없었다. 썩은 부분을 잘라내고 또 파냈다. 다 파냈다 싶으면 작은 구멍을 타고 썩은 곳이 다시 나타났다. 이젠 마무리가 되었다 싶으면 아직도 썩은 부분이 보였다. 큰 나무는 계속 잘려 나가 이제는 볼품없이 작아져 버렸다. 썩은 곳을 모두 자르고 파낸 후에 보니, 호두나무는 뜻밖에 얌전한 목침 베개가 되어 있었다.

끈질긴 작업에 지쳐 버린 그는 호두나무 목침을 베고 길게 누웠다.

잠시 후 그의 아내가 작업실에 들어왔을 때, 그는 얼굴이며 작업복에 나무 부스러기를 뒤집어쓴 채로 곤히 잠들어 있었다.

"어휴, 이 먼지투성이하고. 창문이나 열지 않구선."

그의 아내가 창문을 열자 시원한 바람이 작업실로 밀려들었다. 호두나무 목침 위에는 아주 오래 묵은 고단함이 잠들어 있었다. 여름날 느티나무 정자 아래에서 어머니는 그에게 무릎을 내어주고 자장가를 불러주고 있었다. 천천히 부채를 부쳐 주며 더위를 쫓아 주는 어머니의 무릎 위에서, 그는 솜사탕 같은 바람을 느끼며 성모를 만나고 있었다.

11월의 랩송

–

안영실

십일월의 거리는 바람이, 바람이 불어, 바람이 겨드랑이를 훑으면 난 이상한 기분이 들어, 내가 아직도 엄마이거나, 학생이거나, 아기인 것만 같아, 나는 그런 기분 싫어, 싫어, 누구 탓도 아냐, 옷깃을 헤집는 저 바람 때문이야, 젠장 바람은 왜 이리 불어? 오늘 아침 날이 추워져서 내복을 내줬지, 그랬더니 아들은, 아니 내 아들이었던 남자애는 인상을 구겨, 아주 험상궂은 얼굴로 뭐라고 구시렁거려, 안 입으면 그만이지 왜 아침을 구기고 나가? 구겨진 아침을 펴보려고 위스키, 위스키, 입꼬리를 들어올려, 웃음 대신 무슨 찌그러진 깡통 하나가 구겨진 아침 위로 툭 떨어지네, 내 아들이었던 때의 그 남자애는 아주 귀여웠어, 사랑스러웠어, 이젠 무슨 몬스터처럼 눈을 부라리고 다녀, 어울리지도 않는 구레나룻을 턱까지 기르고, 쌍시옷을 붙이며 씨발 지랄 욕을 했을 때부터, 나는 엄마가 아니었어, 그 누구도 엄마에게 그런 욕을 할 수 없어, 없어, 없지! 누군가 말했어, 남자애들이 몬스터가 되는 건 테스토스테론이란 호르몬 때문이래, 미친 소리 하지 마, 마, 마! 세상 모든 남자애들에게 호르몬이 나와, 맞아! 어떤 아이들은 몬스터가 되지 않고도 멋진 남자가 되거든, 왜 내 아들이 몬스터가 되는 거야? 왜? 왜? 왜? 변명하지 마, 마, 마! 남자애가 아들이었을 때 난 예의를 먼저 가르쳤어, 타인에 대한 예의, 부모에 대한 예의, 자기 자신에 대한 예의, 도대체 뭐가 잘못됐지? 뭐가? 뭐가! 이젠 예의라곤 눈을 씻고 봐도 찾을 수 없는 몬스터가 됐어, 젠장 바람은 왜 이리 불어, 티끌이, 티끌이 눈에!

이렇게 바람이 부는데 아들은 어디에 있을까, 어디에? 아들은 오토바이를 기다려, 이 추운 겨울에 한없이 기다려, 짱인 아이가 아들을 놓아 주질 않거든, 아냐 아들이 신나게 그 애를 따라갔을걸, 틀림없어, 기말고사 공부를 하는 것보다 학원에 앉아 있는 것보다 훨씬 신나겠지, 면허증이야 있든 없든 안전모야 있든 없든 상관없어, 상관없지! 바람을 가르며 멋지게 폼을 재면 짜릿하거든, 짜릿하지! 재수가 좋으면 담배 한 대 얻어 피울지도 몰라, 연속극을 모방하여 도박하는 애들도 있대, 그 애들은 휴일이면 학교 운동장에 모여서 술을 마신대, 그나마 아들이 아직 안 해본 게 있는 게 다행이야, 아들은, 아니 한때 내 아들이었던 남자애는 엘리트 의식으로 가득 차 있던 아이였어, 세상에 겁이 없었어, 공부와 상장이면 제일인 줄 알았거든, 그게 좋았다는 건 아냐, 아냐, 암, 아니고말고! 그래도 짱 밑에서 건들거리는 지금보다는 훨씬 나았어, 나았지! 이젠 남자애는 몸짱이 되고 싶대, 열다섯 살에 말이야, 하루 운동 목표는 달성하지만, 오늘 공부 목표는 어떻게 되었는지 몰라, 몰라, 그래도 무릎 꿇고 반성하는 건 나야, 나라고! 어렸을 때 덜 사랑했다고 반성하고, 기도가 부족하다고 반성하고, 아직도 내 사랑이 부족해서라고 반성해, 반성하고 반성해도 남자애는 돌아오지 않아, 개와 늑대가 어슬렁거리는 시간이 되어도, 주머니에 돈이 없어 무척

배가 고플 텐데, 남자애는 불량한 것에 마음을 빼앗겼어, 불량한 건 사악하고 현란한 색으로 남자애를 매료시켜, 한때 엄마였던 여자는 깡통처럼 우그러진 가슴을 감당할 수 없어, 그래서 여자는 엄마를 버려, 버려, 버려! 나는 엄마가 아니다, 아니다, 저런 불량한 곳에서 짜릿해하는 아이는, 내 아이가 아니니까, 아니니까! 내가 키운 아이는 저런 아이일 리가 없어, 없어, 없어! 내 목표는 그런 게 아니었지, 한때 엄마였던 여자는, 그렇게 엄마를 버렸어, 젠장 왜 이리 바람은, 바람은, 불어? 티끌이 자꾸 눈에, 티끌이, 티끌이!

맨발의 그녀

유경숙

여자는 맨발이었다. 맨발인 채로 산길을 오르고 있었다. 경칩이 지나긴 했지만 아직 응달엔 서릿발이 그대로 살아 있는데, 살점 하나 없는 여자의 발등엔 푸른 정맥이 수조엽락樹凋擈落에 든 나뭇가지처럼 도드라졌다. 균형 잡힌 어깨며 날렵한 걸음걸이가 예사롭지 않은 품새였다. 여자의 뒤꿈치를 올려다보며 Y는 천천히 뒤를 따르고 있었다. 여자가 부담을 느꼈는지 가던 길을 멈추고 한 손으로 나무를 껴안고 옆으로 비켜섰다. 먼저 앞장서가라는 몸짓이다. 등산로는 겨우 한 사람이 한 발짝씩 내디뎌야하는 좁고 가파른 오르막이었다. Y가 고개를 까딱하며 미안하다는 표정을 짓고 올라서자 여자와 정면으로 마주치게 되었다. 분홍색 코끝에 매달린 맑은 콧물과는 대조적으로 여자의 뺨엔 검은 꽃이 피어 있었다.

능선 하나를 넘은 Y는 양지 바른 중턱에 앉았다. Y가 쉬어 가는 장소는 돌확처럼 움푹 파인 너럭바위다. 늘 이곳에서 커피를 마시며 쉬어 간다. 커피를 다 마셔 갈 즈음 소리없는 그림자처럼 여자가 지나갔다, 여전히 맨발인 채로. Y는 커피 한 잔이 남았으니 마시고 가라며 여자를 불렀다. 여자가 잠시 멈칫거리더니 예닐곱 발짝을 되돌아와 Y의 옆에 섰다. Y는 보온병 뚜껑에 커피를 가득 따라서 크래커 몇 조각과 함께 여자의 손에 건네주었다. 말없이 커피잔을 받아든 여자가 배낭을 내려놓더니 장갑으로 콧물을 닦으며 깔개를 펴고 앉았다.

"움직이지 않고 가만있으면 발가락이 금방 동상에 걸리니까."

여자는 배낭에서 양말과 신발을 꺼내며 혼잣말로 중얼거렸다.

"맨발로 땅을 밟는 것이 건강에 좋다고는 들었지만, 특별한 이유가 있으신가 봐요? 저번에도 맨발로 걷는 모습을 보았는데……. 그런데 기미가 좀 깊군요. 제 얼굴처럼. 요즘, 저는 사람들 얼굴에서 기미만 보여요. 엷게 낀 기미도 현미경을 통해서 보는 것처럼 뿌리가 깊은지 얕은지가 다 들여다보이거든요. 기미 낀 얼굴을 보면 남 일 같지 않고 심란해요."

커피잔을 두 손으로 감싸쥔 여자가 Y에게 다가앉더니 뺨에서 기미를 뽑아낼 듯이 눈길을 가까이 박았다.

"작년 여름부터 갑자기 생리가 끊기더니 기미가 돋기 시작했어요. 병원에서는 심한 스트레스성으로 일시적 현상일 수도 있고, 이대로 조기폐경으로 끝나 버릴 수도 있다고 하더군요. 알고 보면 스트레스가 참 무서운 병이에요."

여자는 끔찍한 일을 겪고 난 후에 나타난 현상이라며 낯빛이 어두워졌다. 고등학교에 다니는 아들의 학원비에 보태려고 일자리를 찾아 나섰다가 곤욕을 치렀어요. 하루 서너 시간만 일을 하고도 사오만 원을 벌 수 있다는 친구의 말에 따라나섰다가 이렇게 왕창 망가져 버렸죠. 노래를 썩 잘 부르지 못해도 시간당

이만 원은 거뜬히 벌 수 있다는 말에 그만……. 멀리 떨어진 딴 동네에 가서 일을 하면 아무도 모를 것이라고, 버스를 두 번이나 갈아타고 강을 건너갔지요. 강을 건넌 것이 화근이었습니다. 그 사람들도 직장 근처를 벗어나 멀리 온다는 게 강의 북서쪽 산성 밑의 장어구이집이 즐비하게 늘어선 옛 나루터였지요. 그 생각만 하면 지금도 현기증이 나요. 여자는 체머리를 앓는 사람처럼 심하게 머리를 흔들었다.

친구는 제발 촌티를 내지 말라고 다그쳤고, 주인 남자는 옷차림을 보더니 탐탁지 않다는 표정이었어요. 네 명의 남자가 룸으로 들어오더니 재킷을 벗어 옷걸이에 걸며 자기들끼리 속삭이는 말이 들렸어요. '좀 촌스럽긴 해도 분위기만 잘 타면 되지 뭐……' 하는 실망스런 낌새가. 친구가 리모컨을 들고 열심히 선곡 버튼을 누르고 있을 때 한 남자가 벌컥 문을 열고 들어섰어요. 남자는 화장실을 다녀왔는지 손수건으로 집요하게 손바닥을 닦더라고요.

어디서 본 듯한 인상인데, 어디서였더라? …… 전주곡이 흐르고 노래가 막 시작될 무렵 남자가 나를 일으켜 세웠어요. 허리를 잡고 몇 바퀴를 돌리더니, 거칠게 가슴을……. 그때 내 몸에서 어떤 힘이 화살처럼 튕겨져 나갔죠. 이단옆차기로 정강이를 가볍게 쪼아 준다는 게 그만 팔꿈치로 턱을 날려 버린 거예요. 눈 깜짝할 사이에 남자가 '억' 외마디를 지르며 고꾸라졌죠. 깃털처럼 가벼운 한 방이었는데 턱이 덜렁 빠져 버렸어요. 몸의 기억은 거의 정확한 법인데…… 그것은 유단자로서 치명적인 실수였어요. 넥타이를 풀어 턱을 묶고 응급실로 떠나보낸 다음 곰곰이 생각해 보니, 숱진 눈썹에 날카로운 눈매, 얇은 입술, 아! 아들의 담임이었어요. 숨이 턱 멎는 느낌이었죠. 학년 초에 진로 상담하면서 승혁이는 문과가 적성에 맞겠다고 관심을 가져 주던 선생님이었는데. 여자는 소름이 돋는지 팔뚝을 쓸어내리며 몸을 부르르 떨었다. 노래방 보조도우미로 나섰던 첫날, 아들의 담임선생님과 맞닥뜨렸고 그것도 턱을 빼놓다니…… 도대체 이게 무슨 놈의 재수랍니까? 최악의 마법도 이보다 더 잔인할 수가? 여자는 점퍼 앞섶에 자꾸 손바닥을 문지르며 불안 증세를 보였다. Y는 봄볕에 기미가 더 짙어질까 봐 트윈케이크로 연신 얼굴을 두드렸다.

빈 잔을 건넨 여자가 조용히 일어서더니 신발과 양말을 벗어 다시 배낭에 집어넣고 맨발로 내리막길을 서둘러 내려갔다. 나무는 아직 겨울잠에서 깨어나지 않았고 나목처럼 깡마른 여자의 발목에서부터 뻗어 내려간 푸른 물길이 먼 데로 흘러가고 있었다.

동경월야東京月夜

유경숙

청동좌경 앞에 앉은 그녀는 아까부터 구슬을 닦고 있다. 보드라운 명주수건으로 유리구슬을 한알한알 돌려 가며 정성스레 닦는다. 반투명체의 푸른 구슬이 그녀의 희디흰 손가락 끝에서 더욱 빛을 발해 갔다. 사흘 전에 아라비아 상인에게서 구입한 목걸이다. 서라벌 여인들은 첨단 디자인 장신구를 누가 먼저 착용하느냐를 두고 치열한 경쟁을 벌여 왔다. 성골 · 진골품의 여인들뿐만 아니라 여염집 아낙들도 멋내기에는 조금도 뒤처지지 않았다. 인도나 아라비아 지방에서 새로 나온 장신구들은 육 개월 안팎이면 신라 여인들에게도 전해졌다.

안압지 앞 삼거리엔 외국인들이 빈번히 드나드는 주막이 있다. 그 집 주모는 아라비아 상인이 도착했다는 귀띔을 그녀에게 제일 먼저 전해 줬다. 그녀는 서둘러 주막에 도착했다. 긴 곱슬 수염에다 흰 천을 둘둘 말아 머리에 얹은 듯한 터번을 쓴 사내는 양가죽 포대에서 최신 유행의 장신구와 향료 등을 마구 쏟아 놓았다. 그녀가 잽싸게 골라 든 목걸이를 두고 뒤늦게 도착한 여자들이 자꾸만 탐내는 눈길이었다. 짙은 눈썹에 쌍꺼풀진 눈이 깊어 우물처럼 그림자가 드리운 듯한 사내는 그녀의 목에 얼른 목걸이를 걸어 주었다. 엉겁결에 그녀의 목덜미에 손을 댔던 그가 움찔하고 놀라는 바람에 그녀는 더한층 놀랐었다.

해가 떨어지자, 그녀는 물을 듬뿍 준 화분을 안방 창가로 옮겨놓는다. 역관 부씨가 부남국*을 다녀오며 가지고 왔을 때는 어린 묘목이었으나 이제는 제법 꽃을 피우는 야래향夜來香 식재분이다. 한낮에 양기를 흠뻑 빨아들였다가 밤에만 짙은 향기를 내뿜어 먼 데의 사람까지도 홀려 들인다는 야릇한 속설을 지닌 열대식물이다. 남방국 홍등가에서는 붉은 등불과 함께 이 나무를 주막 창가에 걸어놓는다고 한다. 그러면 지나가던 남정네들이 향기에 끌려서 저도 모르게 그곳으로 발길을 돌린다고.

한낮 땡볕은 맹렬했지만 저녁 바람은 제법 서늘했다. 그러고 보니 백로가 지난 지가 벌써 여러 날 되었다. 이슬은 촉촉이 내리고 밤은 점점 깊어 가는데 오래전에 퇴청했을 용龍은 집으로 오는 길을 잃었나 보다. 부산스럽게 골목을 오가던 발짝 소리도 이제 뜸해졌다. 휘영청 밝은 달빛만이 조신하게 누워 있는 그녀의 몸으로 쏟아져 내렸다. 그녀의 흰 목덜미에 걸린 구슬이 푸른 빛을 발했다.

남산골 유곽을 찾아가던 아라비아 상인은 길을 잃었는지 초저녁부터 골목에서 맴돌고 있었다. 빼곡히 늘어선 기와집들 사이로 끝없이 이어진 골목은 성내의 사람들조차도 헷갈릴 때가 종종 있다. 멀리 황룡사에서 을야乙夜를 알리는 종소리가 울리자 골목의 창문이 하나 둘 닫히고 불빛도 꺼져 갔다. 불빛이 빤히 새어 나오는 집은 용의 집뿐이었다. 골목 담벼락에 바짝 붙어 있던 시커먼 물체가 쿵 하고 담을 넘었다. 둔탁한 소리가 어둠 속으로 묻혀들었다.

삼경도 훨씬 지나 달빛마저 창백한 시간, 용은 곤드레만드레가 되어 사립문을 밀고 들어섰다. 댓돌 위에 나란히 놓인 두 켤레의 신발을 보고 그는 허리가 꺾일 듯 몸의 중심을 잃고 두어 번 휘청거렸다. "아무래도 내가 취중에 집을 잘못 찾아왔나벼! 하나는 분명 내 것인디, 또 하나 저것은 뉘 것인겨?" 그는 혼잣말을 중얼거리며 제 그림자를 멍청히 바라보고 서 있다. 큰 귀 뒤로 솟은 진회색 뿔을 살래살래 흔들더니 조심스럽게 뒷걸음질을 치며 물러나온다. 마당 한가운데 선 그는 처연하게 춤을 추기 시작했다. 춤사위에 빠져든 그의 붉은 뺨 위로 두 줄기 눈물이 흘러내린다. "모두가 내 탓이여! 밝은 달을 핑계로 여러 날 밤일을 피해 왔었덩겨. 의무 방어도 소홀한 채."

이튿날, 곱슬 수염의 사내는 낙타를 타고 서둘러 사막으로 떠났다.

---

* 지금의 캄보디아.

침낭 속의 남자

―

유경숙

사내는 스물일곱 푸른 나이에 집을 떠나 마흔두 살이 되어서야 돌아왔습니다. 돌아온 사내의 가방엔 달랑 학위 한 장과 인내가 지독하게 풍기는 침낭 하나가 들어 있었습니다. 돌아온 사내는 학위를 들고 의기양양하게 모교를 찾아갔습니다. 하지만 철통같던 철학과는 문이 닫혔고 옛 스승은 이름도 긴 어떤 이종 학과에 얹혀 계셨습니다. 손가락을 다 꼽고도 모자랄 정도로 여러 대학을 훑고 다녔지만 새로운 철통이 자리를 차지했고 그 주인들이 바뀐 지 오래된 듯했습니다. 사내는 학위를 책상 서랍에 깊숙이 모셔 두고 큰 가방을 들고 나섰습니다. 대전 원주 조치원을 뺑뺑 돌다 주말이 되어서야 서울을 찍는 보따리장수를 시작했습니다.

여자는 혼자 떠난 사내가 야속해 어금니를 깨물고 오래도록 울었습니다. 수많은 밤, 시나리오를 짜며 어둠을 삼켰지요. 남자가 돌아왔다, 금의환향, 남자 곁에 라틴계 여자가 있을 수도 있다, 아니 영영 안 올지도 모른다. 그러다 극도로 독이 뻗치는 날이면 남자를 석관에 집어넣고 열쇠를 채워 우주 밖으로 내던지기도 했고 지독한 우울증에 걸리게 해서 북해로 흘러드는 라인 강물에 투신시키기도 했습니다. 하룻밤에도 각색은 수없이 바뀌고 재구성되어 제법 탄탄한 구조물이 섰습니다. 쏠쏠한 재미에 빠져들게 된 여자가 본격적으로 시나리오를 써보기로 마음먹었습니다. 처음엔 이를 악물고 썼지만 어느덧 힘이 붙은 서사는 거미 똥구멍의 탁월한 기능처럼 술술 풀려 나왔습니다. 여자는 거액의 상금을 탔고 스타 작가로 떠올랐습니다. 독자들은 2탄 3탄을 내놓으라며 아우성쳤고, 여자의 인기는 날로 치솟아 방송국 영화사 학교 등에서 서로 모셔 가겠다고 난리를 쳤습니다. 한번 극치를 맛본 사람은 정점이 어딘지를 아는 법입니다. 여자는 전업작가로 남겠다고 완곡한 거절을 했고 자취를 감춰 버렸습니다. 그러다 최상의 몸값을 감지한 시점에서 마지못해 수락하는 것처럼 전임 자리를 따내고서야 콧노래를 부르며 대학으로 갔습니다.

사내는 여자의 대학에서 서양 철학을 가르치다 지난 학기에 짤렸습니다. 사내의 강의실엔 학생들이 점점 줄어들더니 종강 때는 덩그러니 사내 혼자 남게 되었습니다. 이미 말더듬이가 심해져 입 속에서만 혼자 우물거리는 소리 없는 강의가 한 학기 동안 진행되었던 것이지요. 당신 머리 속으로 삼켜 버린 책들이 도대체 얼마요? 도서관 하나를 짓고도 남을 양을 폭식했으면서. 머릿속에 화석도서관이라도 지어 놓고 즐기시나? 남들은 3권을 먹고도 백 권을 토해내는 세상인데…… 제발! 껌이라도 씹어 악관절을 움직이는 노력을 해봐요. 침낭 속에 들어가서 자는 것까지는 봐주겠는데……. 여자가 숨도 쉬지 않고 따다따다 뿌려놓은 말들이 무성하게 자라나는 밤입니다. 슬리핑백 속에 몸을 담은 남자는 북부 독일의 살인적 냉기를 떠올리며 십삼야월十三夜月을 앓고 있습니다. 벌써 5시간째 남자는 자일리톨 껌을 질경질경 씹으며 잠을 청합니다. 남자의 움푹한 눈에 고인 눈물이 길게 뿌리를 내립니다, 자작나무 숲길로.

돌아온 메시지

–

윤신숙

지~ 이잉

A. 애인, 벙개 할래여?

브으~응

B. 연인, 짧은 치마 속 깊고 아리까리한 곳으로~

또르륵~

C. ♥실제 사진 7건, 골라 주세용.

~우우~웅

D. 멋진 男, 요고 만지고 싶찌!

~더 덜 덜

E. 우울한 남친, 내 매끄런 피부 느껴 볼래?

불경기와 횟수가 비례하는지 하루 서너 번씩 진동으로 울리는 음란 메시지. 전속 카피라이터가 있는지 문구도 다양하다. 무작위로 보내져 잘못 찾아온 메시지들이다. 무심코 지우려다 아이들이 했던 "엄마, 문자 씹으면 예의가 없는 거래"라는 말이 생각나 장난삼아 답을 보냈다.

A~E까지 간단한 답과 함께 음악을 곁들이려 컬러링에서 뽑은 노래 중 어릴 적 듣던 〈나뭇잎 배〉를 삽입해 보냈다.

♪~낮에 놀다 두고 온 나뭇잎 배는~~~

a. 전 40대 아줌만데 벙개 괜찮으시겠어요?

~엄마 곁에 누워도 생각이 나요.

b. 그곳은 천국인가요 열반인가요? 아니면……지옥?

~푸른 달과 흰 구름~

c. 가짜 사진도 있나요? 진짜 당신은 어디에?

~둥실 떠 가는~

d. 만지고 안 만지고의 차이점은 무얼까요? 그댈 스치고 간 사람들에게 느낌을 물어 봤나요? 그 순간만큼은 정말 행복했냐고.

~ 연못에서 살살 떠다니겠지~~~♪

e. 매끄런 피부에서 놀다 미끄러지면 책임지나요?

B에게서 답신이 왔다.

'나도 몰라. 돈 받을 땐 천국이고, 어차피 손님과의 거래지만 이상한 넘들 만나면 지옥이 따로 없지. 간혹 특별히 멋진 싸나이들도 있었지. 지난 일이지만 노래처럼 아무 생각 없이 엄마 곁에 있었을 때, 그때가 열반이었으려나?'

B~ 그녀만 휴대폰이라 연결이 되었다.

저승의 음악가

—

윤신숙

반潘 기자는 신이 났다. 드디어 저승으로부터 베토벤과의 인터뷰를 허락한다는 통보가 왔기 때문이다. 인터뷰 뒤에 즉시 세상으로 되돌아간다는 조건 하에 잠깐 다녀오는 것, 또한 세계적인 음악가와 이야기를 나눌 수 있다는 것, 두 가지 모두 매력적인 일이다.

저승이 하늘은 하늘인가 보다. 발 디딜 곳이 없어 부웅 떠다닌다. 그곳 사람들은 걷는 것이 불필요하자 자연스레 몸통이 퇴화되었는지 넓적 붕어처럼 얼굴만 동동 떠다닌다.

그림자 오케스트라가 전원교향곡을 연주하자 베토벤을 감시하는 저승 사람이 뭉게구름 방석을 내게 건네주며 앉으라고 한다. 인터뷰가 시작됐다.

반 기자 : 왜 아직도 세상에 남긴 사진처럼 심각한 표정이십니까?

베토벤 : ……(경계하는 눈빛으로 얼굴에 경련이 일었다.)

반 기자 : 작곡가로서 명성을 날려 오늘날까지 세계인의 사랑을 받으니 그 이상 기쁨이 어디 있겠습니까?

베토벤 : (얼굴 표정과는 달리 단호한 목소리로 내뱉는다.) 천만에, 죽어 내 이름을 날린들 그것이 지금의 이 몰골과 무슨 상관이람? 그 돈이란 이곳서 사용할 수도 없고, 반 기자같이 아리따운 몸매의 여인을 껴안을 수 있길 하나, 해마다 새로 출시되는 술을 마음껏 즐길 수 있나, 지금쯤 산에 지천으로 깔린 야생화를 감상할 수가 있나.

난 이미 과거의 베토벤이 아닐세. 죽은 영혼의 부스러기에 불과해. 몸통이 없는데 사람이라 할 수 있나? 하긴 그나마 생전에 사람들 영적 안식에 기여한 공로로 머리만이라도 살려 놓은 것을 감사해야 할지 어떨지 모르겠네.

반 기자 : 아하, 그럼 이렇게 얼굴이라도 내밀고 떠다니는 것이 이곳에선 그나마 선택된 존재로군요?

베토벤 : 저승 관리자들 말로는 그렇지. 하지만 난 지금도 괴롭네! 그러고 보니 전생에선 그 온전한 몸으로 룰루랄라 마음껏 자유롭고 기쁘게 생활했었어야 했는데 그때는 귀먹은 것만 억울하여 발광하다 죽지 못해 마지막으로 택한 길이 작곡이었는데, 아이러니컬하게도 그것이 오늘까지 세상 사람들 마음에 불꽃으로 남았다니. 다행이군.

그러나 난, 내 개인의 행복을 더 바랬었지. 지금 이곳에서도 전생의 유명세 때문에 자유롭지 못하고 하늘나라 교향곡 18번째까지 작곡했네. 20번까지 쓰면 세상으로 환생시켜 준다니 희망을 가져야겠지.

반 기자 : 그럼 다시 세상에 오려구요?

베토벤 : 난 지금 하느님께 몸통 반환 소송을 청구해 놨소. 나도 모차르트처럼 탄생 250주년이 되면 축제 따윈 필요 없고 인

간의 탈을 쓰고 후회 없이 한 이백 년 정도 살고 싶소. 그때 나의 윤택한 삶을 위해 저작권료나 많이 주게나. 당신의 멀쩡하고 아름다운 육체가 매우 부럽소.

반 기자 : 당신 모습을 보니 어쨌든 겉모습의 저는 완벽하군요. 어째서 이 모습을 당신 만난 뒤에야 깨닫다니 나 또한 바보군요.

반 기자는 결국 인터뷰 내내 베토벤의 육신은 저승에서도 보지 못했다. 반 기자가 저승으로 올라갈 때 그녀는 베토벤의 몸매를 보고 싶다는 야릇한 이성의 감정을 가졌지만 결국 만난 것은 그의 다시 사람이 되고픈 욕망의 얼굴뿐이었다.

그림자 오케스트라가 환희의 송가를 연주했다. 베토벤 감시자가 뿜어낸 입김에 뭉게구름 방석이 사라졌다.

감시자는 반 기자를 배웅하고 돌아서며 혼잣말로 지껄였다.

"어휴 꼴통 같은 새끼들! 이랬다저랬다, 흥! 이백 년 살고 나면 만족할 것 같으냐?"

입

—

이시백

가난은 입으로 온다. 엥겔지수를 보아도 알 수 있다.

가난이란 무엇인가.

먹고 싶어도 먹을 게 없는 빈 입의 가난은 끔찍하다.

그러나 먹을 게 있어도 먹을 수 없는 헛입의 가난은 더 끔찍하다.

산수유는 약재로 쓰인다. 서리 맞은 산수유를 따다가 한가한 겨울에 마을 사람들은 삯을 받고, 말라빠진 산수유를 입에 넣고 씨를 발려 내야 했다. 겨우내 산수유 씨를 발려 내느라 입술이 퉁퉁 붓고 부르텄다. 그런데 읍내 한약재상에서 사들이는 산수유에도 가격 차이가 있었다. 처녀들이 입으로 발려 낸 산수유는 더 비쌌다.

중국의 차로 유명한 고을이 있다. 그 고을의 차는 예전부터 최상품으로 알려졌다. 곡우를 즈음하여 갓 자란 어린 순을 따서 덖은 햇차는 없어서 못 팔 명품이었다. 그런데 그 고을에서 나는 차 중에서 극상품으로 알려져, 다른 차보다 몇 배의 값으로 팔리는 차가 있었다. 남자가 손목도 잡지 않은 어린 처녀들이 입으로 햇순을 딴 차가 바로 그것이라는 것이다.

서울 변두리의 산동네 사람들은 가난해서 한 푼이라도 벌기 위해 부업을 했다. 인형 눈을 달기도 하고, 털옷 마무리 바느질도 했다. 주로 많이 하는 일은 술집 맥주 안주로 쓸 북어포를 뜯는 일이었다. 일감으로 수북이 가져온 북어의 무게를 달아서 각기 나눠 받았다. 껍질을 벗기고, 안에 든 가시를 발라내서 어포를 잘게 뜯어내는 일이다. 껍질이 질긴 북어를 입으로 물고 찢어내야 했다. 가난하다고 어찌 구수한 북어 맛을 모르겠는가. 입에 들어간 북어가 혀끝에 닿으면 슬며시 씹어서 입 안으로 삼키게 된다.

그러나 이런 일을 예상해, 일감을 준 이들은 정상적인 껍질과 뼈와 가시의 평균 무게를 알고 있다. 저울로 달아서 예상보다 무게가 가벼워지면 수당에서 에누리 없이 북어 값을 제하였다. 그래서 가난한 사람들은 구수한 북어 맛을 모르기로 했다. 입에 북어를 물고도 그것을 돌처럼 알기로 했다.

그런데 내 집에는 치와와 강아지 한 마리가 있었다. 가세가 기울기 전부터 길러 온 강아지였다. 개는 북어 포대를 방 안 가득 풀어 놓으면 타고난 후각을 견디지 못하고, 자꾸 북어에 입을 댔다. 아무리 야단을 쳐도 어느 틈에 북어 한 마리를 물고 책상 밑으로 기어들어갔다. 야, 이리 나와. 사람도 먹지 못하는 북어를 네가 먹어. 개가 문 북어를 뺏어도 개는 잠시 후면 또 북어를 물어 갔다.

결국 나는 개의 주둥이를 헌 넥타이로 묶었다. 입이 원수다. 주둥이가 묶인 개는 사지를 뒤흔들며 괴로워했다. 그리고 눈이 파랗게 변했다. 겁이 나서 주둥이를 풀어 주는 순간 개는 달려들어 내 코를 물었다.

결국 정든 치와와를 잘사는 이웃집에 보냈다. 이웃은 개 값으로 쌀 한 말을 보냈다. 그걸로 밥을 지어 먹으며 나는 슬퍼했다. 그러나 더 슬픈 것은 그 이웃집 앞을 지날 때마다 어떻게 알았는지, 강아지가 달려와 두터운 철문 밑으로 주둥이를 내밀고 애절하게 울어대는 것이었다. 그 다음부터는 그 집 앞을 지나노라면, 살금살금 까치발로 걸어도 보았지만 강아지는 신통하게도 옛 주인을 알아보고 맨발로 달려 나왔다. 비록 철문에 가리어 서로의 모습은 보지 못했지만, 한때 북어를 물었다가 내게 넥타이로 묶였던 그 주둥이를 철문 밑으로 내민 강아지를 보며, 나는 가난한 서로의 입을 슬퍼했었다.

집

이시백

큰 부자가 있었다. 부동산 투기로 억만장자가 된 그는 아파트를 팔고 한옥에서 살고 싶었다. 집 없이 살았던 서러움을 갚기 위해 평생의 꿈인 제대로 된 한옥을 짓기로 했다. 이 사람, 저 사람 유명하다는 목수들을 수소문해 일을 맡겼지만 시원치가 않았다. 솜씨도 모자랄뿐더러 제 집처럼 성심을 다해 짓지를 않았다. 부자는 당대 최고라는 어느 대목수를 찾아가 몸소 집 짓는 일을 배우기로 했다. 일 년 동안 나무 고르는 법만 배우고, 일 년 동안 나무 켜는 법을 배우고, 마지막 일 년째에는 나무를 짜맞추는 법을 배웠다.

삼 년 동안 제대로 된 목수 일을 배운 부자는 돌아와 자신의 집을 짓기 시작했다. 일 년 동안 제대로 된 금강송을 구하기 위해 돌아다녔다. 일 년 동안 나무를 켜고, 말려야 했다. 그리고 일 년 동안 자신이 살 한옥을 지었다.

육 년 만에 드디어 부자는 어디 내놓아도 손색이 없는 멋진 한옥을 지었다. 집이 완성되자 부자는 광을 지었다. 광이 완성되자, 이번에는 정자를 지었다. 그리고 개집도 한옥식으로 짓고 나서 그해 봄에 부자는 자신이 지은 한옥에 들어와 살게 되었다.

그리고 그해 가을. 부자는 기력이 다했는지 병을 얻어 홀연히 세상을 떠났다. 유언에 따라 육 년 동안 그가 몸소 심혈을 기울여 지은 한옥 마당 한 귀퉁이에 묻혔다. 두 손을 삼베로 동여맨 채, 한 평도 안 되는 구덩이에 묻혔다. 그의 묘비에는 이렇게 적혀 있었다.

"그가 지극히 사랑한 집에 묻혔다."

모작 인생

–

이종학

문선동 노인은 아침 일찍 일어나 해금奚琴을 열심히 손질하더니 들고 밖으로 나갔다. 해금 농현법을 더 익히기 위함이다. 노인 아파트인지라 소음 공해를 뿌리지 않으려고 가까이에 있는 조그만 공원을 연습 장소로 삼고 있다. 오늘 하오 5시에 이 도시 홈리스들의 집 Boyle Street Co-Op에서 해금 연주를 하기로 되어 있다. 매주 토요일마다 연주 시간을 얻었는데 이제 세 번째가 된다.

지난여름 문 노인은 한국에 다니러 갔다가 큰 충격을 받고 돌아왔다. 5년 만의 한국 방문이었는데 서울 도착 사흘 되던 날

종로 파고다공원에 갔었다. 그는 한국에 갈 때마다 꼭 파고다공원을 찾았다. 그곳에 들어가면 어쩐지 고향 냄새가 난다.

오전 11시인데도 파고다공원에는 많은 사람들이 나와 있었다. 물론 대부분이 노인들이다. 여기저기 모여서 담론도 하고, 장기나 바둑을 즐기는 사람들의 모습은 예나 지금이나 여전했다. 다만 노년층의 나이가 젊어졌고 입은 복색이 때깔 있어 보이는 점이 달랐다.

오랜만에 찾아온 파고다공원인지라 문 노인은 반갑고 감회가 서려서 여기저기 기웃거리며 다녔다. 그러다가 문득 어디선가 소프라노 색소폰 소리를 들었다. 언뜻 흘러간 노래 같았다. 갑자기 주위에 있던 사람들이 슬금슬금 색소폰 소리가 나는 쪽으로 움직이기 시작했다. 마치 어떤 신호에 따라 행동하는 듯했다. 문 노인도 사람들의 물결을 타고 움직였다. 팔각정八角亭 앞 광장이었다. 누군가가 광장 한복판에서 색소폰을 연주하고 있었다. 하얀 와이셔츠, 빨간 넥타이에 짙은 감색 양복으로 정장한 훤칠한 키의 노악사老樂士였다. 삽시간에 많은 사람들이 원형으로 울타리를 만들었다.

노악사는 우리의 정이 서린 여러 가요들을 색소폰의 감미로운 음률에 실어 냈다. 누군가 얼굴에 흐르는 땀을 닦도록 노악사에게 손수건을 갖다 주었고, 목을 축이라고 물병을 들고 갔다. 그러는 사이 사람들의 울타리는 서서히 율동의 물결이 출렁이고 흘러간 그리운 노래들을 토해 냈다. 노인들의 외로움을, 소연함을 말끔히 씻어 내리는 시간이었다.

오랫동안 악단에 있었다는 이 노악사는 한 주일에 한 번씩 꼭 이 시간이면 나와서 색소폰으로 노인들의 가슴을 달래주고 간다고 한다. 작은 성의로 술값이라도 즉석에서 걷어 주면 단호히 거절하는 학과 같은 인품이라고 칭찬과 고마움에 침이 말랐다. 그는 거리의 악사가 아니었다. 이렇게 여러 가지 악기로 봉사하는 멋진 2모작 인생들이 의외로 많다고 한다.

서너 번 파고다공원에 다녀온 문 노인은 캐나다로 돌아올 때 해금을 연주하는 활弓과 줄을 몇 벌 사가지고 왔다. 그는 어려서부터 국악에 조예가 깊은 할아버지에게서 해금을 배웠다. 캐나다로 이민 가고서도 가끔 해금을 즐겼으나 활이 닳아 망가진 뒤로는 방 안 깊숙이 처박아 둔 지 오래되었다.

문 노인은 묻어 두었던 해금을 꺼내서 닦고 손질했다. 그리고 표주박만한 통 위로 비죽하게 올라온 마디 많은 입죽入竹에 활로 줄을 문질러 소리를 내봤다. 깽깨깨깽~, 섬세하면서도 굴곡이 유연한 특유의 가락이 되살아났다. 문 노인은 자신도 모르게 무릎을 탁! 쳤다. 20년도 넘게 듣지 않았던 그리운 소리다.

여러 날 해금과 더불어 살면서 농현법을 되찾는 데 자신을 얻은 문 노인은 파고다공원에서 인상 깊게 보았던 노악사와 같이 해금 연주로 자원봉사하면서 보람된 2모작 인생을 살고 싶어졌다. 그래서 궁리 끝에 '홈리스의 집'을 생각해 냈다. 언젠가 봉사활동하는 한인여성회원들을 따라 가본 적이 있었다. 소뿔도 단김에 빼야 한다. 그는 홈리스들의 집을 찾아가서 관리 직원을 만났다. 그리고 홈리스들을 위해 해금 연주를 해도 좋다는 허락을 받았다.

해금 연주 세 번째 날 문 노인은 홈리스의 집 메인 홀 한복판에 섰다. 제멋대로 여기저기 흩어져 있던 홈리스들이 더러는 호기심 어린 눈으로 괴상하게 생긴 작은 악기를 들고 있는 동양계 노인을 바라보고 있었다.

문 노인은 해금의 안쪽 줄 중현과 바깥쪽 줄 유현 사이에 활을 넣고 울림통 위를 지나면서 줄을 마찰시켰다. 거친 듯 쉰 듯 그러면서도 애련하고 구수하고 신명 나는 소리가 저·중·고음의 음역을 마음대로 오르내리는 것이었다. 중머리 산조散調였다. 연주가 계속되면서 홈리스들이 하나 둘 소리 가까이 모여들었다. 낯선 악기가 연출해 내는 생소한 음률이지만 어쩐지 넋을 호소하고 마음을 달래주는 정감에 휘감겨들었던 모양이다. 음악은 만국어라지 않는가.

홈리스들의 어깨가 조금씩 건들거리는 것을 보자 신명이 난 문 노인은 여러 산조를 연주하다가 우리의 민요와 가요까지 곁들여 들려주기를 거의 40분, 끝으로 아리랑을 연주했다.

"아리랑 아리랑 아라리요 깽깨깨깽~"

바로 그때였다. 갑자기 어떤 중년 여인이 복판으로 슬며시 들어서더니 너울너울 춤을 추기 시작했다. 분명 우리 춤사위였다. 허술한 원피스 차림에 흐트러진 머리 모양. 홈리스의 모색이었다. 깽깨깽~ 너울~너울~, 그녀의 눈에서 하염없이 흐르는 눈물이 유리창을 넘어 대평원의 붉은 노을에 어른거렸다.

불의 행복

-

이종학

미국 로스앤젤레스 101 하이웨이를 타고 가다가 코리안 타운에 가기 위해 웨스턴 스트리트로 빠져 들어가면 좌측 코너 길가에 50대로 보이는 꺽다리 홈리스 남자가 서 있다. 그가 입은 옷은 때가 묻고 꾀죄죄하지만 수염으로 뒤덮인 흰 얼굴은 이목구비가 반듯하고 눈빛이 형형하다.

그는 거의 매일이다시피 오전 10시경이면 이곳에 나와서 통행하는 차가 좌회전하기 위해 멈칫하는 사이를 틈타서 플라스틱 그릇을 내밀고 구걸을 한다. 미국에서는 구걸하는 홈리스들에게 돈을 주는 자선은 원칙적으로 금하고 있다. 그래도 이들을 외면하지 않는 사람들이 간혹 있게 마련이다.

이렇게 구걸을 하다가 5불이 되면 그 홈리스는 자리를 뜬다. 그리고 무엇을 하는지 어딘가로 갔다가 이튿날 아침 다시 구걸 그릇을 들고 나타나는 것이다. 그의 구걸하는 목표 한도액은 정확하게 5불이다. 그 이상은 절대로 원치 않는다. 식사는 구원단체에서 얻어먹고 커피 석 잔 사마실 돈만 얻으면 된다.

하루는 신형 롤즈로이스를 몰고 그곳을 지나던 사람 앞에 예의 그 홈리스가 구걸을 청했다. 한참 그를 바라보던 운전자가 옆 창문을 열고 5불짜리 지폐를 플라스틱 그릇에 던져 주고 창문을 도로 닫으려 했다. 그러자 손으로 좀 기다리라는 신호를 보낸 홈리스는 구걸 그릇에서 1불짜리 주화 네 개를 세어서 운전자에게 거슬러 주는 것이 아닌가. 어이없다는 표정을 한 운전자가 필요 없으니 모두 가지라는 손짓을 하고는 다시 옆 창문을 닫으려고 하자 홈리스는 재빠르게 5불짜리 지폐를 차문 안으로 던져 버리고 돌아섰다.

운전자는 더는 어쩌지 못했다. 뒤에 서 있던 차들이 경적을 울리며 재촉했기 때문이다.

"별 거지 같은 놈을 다 보겠네. 얼마든 주면 고맙게 받아야지 거스름돈은 다 뭐야? 나를 우습게 본다 이거지!"

롤즈로이스 운전자는 몹시 기분이 상했다. 그는 이튿날 같은 시간에 일부러 다시 웨스턴 스트리트로 차를 몰았다. 역시 그 홈리스가 기다리기라도 했다는 듯이 구걸 그릇을 내밀었다. 빙긋이 회심의 미소를 머금은 롤즈로이스 운전자는 옆 창문을 열고 100불짜리 지폐를 호기롭게 내밀었다. 이래도 네가 안 받을 테냐? 그러나 그자는 강하게 고개를 흔들더니 뒤에 서 있는 다른 차를 찾아 가는 것이었다.

"저건 거지가 아니라 미친놈이잖아!"

롤즈로이스 운전자는 달리는 차 속에서 냅다 소리를 질렀다. 자존심이 있는 대로 상한 음성이었다. 그러나 쉽게 잊고 넘어갈 사람이 아니다. 한국에서 소문난 깡다구 하나로 땅 투기를 해서 수백억 재산을 거머쥐고 세계의 금융을 휘두르는 이곳에다가 고층 빌딩을 사놓으려고 와 있는 졸부이다. 하찮은 거지 따위가 비위를 건드리다니 용납할 리가 없었다. 네놈이 황금 앞에서 눈을 제대로 뜨는지 어디 두고 볼 테다!

롤즈로이스가 사흘째 웨스턴 스트리트 코너에 멈추었다. 여전히 구 척이나 되는 큰 몸집의 홈리스가 청결치 못한 플라스틱 그릇을 들고 다가오고 있었다. 롤즈로이스 운전자, 아니 백만장자를 자부하는 운전자는 거드름을 있는 대로 피우며 기다리지 못하겠다는 듯이 먼저 옆 창문을 열고 100불 지폐 한 다발을 들고 흔들며 소리쳤다.

"이 100불짜리 돈다발이 보이지? 어서 오라구!"

홈리스는 돈다발을 보자 멈칫하고 섰다. 그리고 동냥 그릇에서 1불짜리 노리끼리한 주화를 꺼내 들고 깃발처럼 흔들었다. 털북숭이 얼굴이 흰 이를 드러내고 웃고 있었다.

심心봤다!

이종학

인간의 귀중한 생명을 위협하는 테러리스트들은 지상에서 영원히 박멸되어야 한다.

이유 여하를 막론하고 천만번 지당한 말씀이다. 피를 요구하는 자들을 어찌 용납할 수 있겠는가!

고로, 이 나라의 국제공항에서 입국하는 외국인들의 손가락 지문을 채취하는 행위는 테러 위험을 예방하고 자국민의 생명과 재산을 보호하는 차원에서 인정해야 한다. 여권이나 사진, 몸 검색만으로는 안심 불가이니 어찌하겠는가.

인권 침해를 외치는 국제사회의 노도와 같은 비난은 한낱 적막한 외딴섬의 메아리에 불과하다. 인권이 아무리 소중해도 자기 국민의 목숨과 바꿀 수 없는 노릇이다.

그러나 이에 만족치 못하고 공항에서 입국자에게 알몸 투시경透視鏡을 들이대는 것은 분명 과잉 경계 행위가 아닐 수 없다. 이건 인권문제 이전에 에덴동산에서부터 유래한 인간의 본능적인 수치심을 온전히 박탈하는 행위이다. 테러의 역심을 품은 자들이 거시기에다 살상 흉물을 숨기고 들어오겠는가? 그럴 양이면 투시기를 비웃는 고도의 방법을 강구함은 빤한 일이다.

결국 국제공항이 갑자기 나체촌으로 표변해서 미치고 환장할 광경이 벌어짐은 물론이다. 오죽하면 발가벗은 인간이란 말을 하겠는가. 그런데 이 불똥이 세계 각국의 의류업계에 옮겨붙었다. 이들은 빈사 지경에 처하게 되었다고 아우성을 치다가 긴급 비상대책회의를 소집하기에 이르렀다.

A국 대표 "아니할 말로 의상으로 화려하게 가려졌던 은밀한 부위가 투시기를 통해서 예사로 백일하에 드러나게 되었으니 어느 누가 옷을 사서 걸쳐야 할 필요를 느끼겠습니까? 이제 우

리 의류업계는 꼼짝없이 망하게 되었습니다. 이를 어쩌면 좋겠습니까, 여러분?"

B국 대표 "투시경 사용을 절대 반대하는 세계 여론이 들끓어도 당사국은 강 건너 불 보듯 하고 있으니 우리들 스스로가 필사적인 자구책을 강구해야만 합니다."

C국 대표 "그걸 몰라서 이러고 있는 게 아닙니다. 구체적으로 어떤 자구책이 있으면 말씀해 보시기 바랍니다."

B국 대표 "답답하십니다. 그걸 알면 왜 우리들이 이러고 있겠습니까?"

D국 대표 "자, 자 여러분, 신경을 끄시고 내 말을 들어 보시기 바랍니다. 우리가 총력을 기울여서 투시경이 뚫지 못하는 특수 의류를 개발하는 겁니다. 이 아이디어가 어떻습니까?"

E국 대표 "그런 의류를 발명하는 것도 어렵거니와 천행으로 만들어 낸다 하더라고 과연 이제 와서 사람들이 사 입겠느냐 하는 겁니다."

D국 대표 "그건 무슨 뜻인가요? 사람들이 사 입지 않고 자기 알몸을 내보인단 말입니까."

F국 대표 "탐문한 바에 의하면 화장품업계와 액세서리업계의 움직임이 심상치가 않다고 합니다."

F국 대표 "그자들이 무슨 짓을 하든 그게 우리와 무슨 관계가 있단 말입니까?"

E국 대표 "관계가 있다마다요. 저들이 사람들의 은밀한 부위를 돋보이게 하기 위한 액세서리와 도장품塗裝品 등을 개발하는 데 총력을 기울이고 있다는 겁니다. 알몸 투시경이 인간의 노출증을 자극했다고 보고 재빠르게 이에 편승한다는 겁니 다. 이런 상황에서 투시경이 맥을 못 추는 의류를 만든다 해도 환영을 받을 것 같습니까?"

이 말에 각국 대표들이 넋 나간 사람들처럼 서로 멍하니 바라볼 뿐 좀처럼 입을 열지 못했다. 그러자 내내 말석에 앉아 있던 아프리카에서 온 대표가 일어섰다.

아프리카 대표 "여러분, 이젠 걱정을 내려놓으세요. 심봤다! 이겁니다."

A국 대표 "심마니도 아니고, 그게 무슨 뚱딴지 같은 소리요?"

아프리카 대표 "그게 아니라 심心 봤다! 이겁니다. 우리나라에서는 인간의 마음을 정확하게 들여다보는 획기적인 기기를 곧 출시할 예정입니다. 이 사람이 지금 어떤 생각을 하고 있는지, 앞으로 무엇을 하기로 마음먹었는가를 알아내는 겁니다. 이렇게 되면 공항에서 구차하게 투시경 따위를 사용할 필요가 없지요. 사람의 속과 겉 중에서 어떤 쪽을 택하겠습니까? 따라서 우리 의류업계도 전전긍긍하지 않아도 될 것입니다."

장내에 안도의 박수와 환호가 터져 나왔다. 브라보! 브라보! 그러나 오래지 않아 이번에는 깊은 바다 속 같은 침묵에 침잠되고 말았다. 그러다가 점차 각국 대표들의 온몸에는 소름꽃이 다닥다닥 피어나기 시작했다.

사.과.드.립.니.다.

이진훈

충주에서 가까운 수안보 사나이 이형우 과장은 사내에서 반죽 좋기로 소문난 촌놈이다. 거기에다가 술 약속이라면 골프 약속보다 더 철저히 지키는 위인이라 동기들은 물론 이 과장을 아끼는 선배나 그를 따르는 후배도 많았다. 술자리에서도 도시 출신의 선후배 동료들은 돈 계산할 때쯤이 되면 슬금슬금 줄행랑을 놓기 일쑤여도 그는 지갑을 터는 일이 다반사여서 술자리에서는 인기 최고의 대접을 받지만 술 깬 다음날엔 좀 덜 떨어진 사람이 아닌가 하는 수군거림을 귓결에 들어야 하기도 한다.

물론 그의 지갑이 남대문 열려 있듯, 아니 이제는 불에 탄 남대문이니 대문이 있을 리 없지, 동대문 열려 있듯 하는 데는 다 믿는 구석이 있기 때문이기도 했다. 수안보에서 대를 이어 살아온 농투성이인 아버지의 사과 과수원을 물려받은 것이 온천 개발로 땅값이 몇 배로 뛴 데다가 뭔 놈의 고속도로가 그쪽으로 나는 바람에 졸지에 부동산 재벌 뒤꽁무니 자리 반쯤을 꿰찬 덕이다.

회사 내 동료들이라고 그 소식을 모를 리가 없어 으레 술자리만 있으면 은근한 기대감을 가지고 이 과장을 불러내기 일쑤였다. 이 과장 역시 동료들의 그 얄팍한 기대감을 모르는 것은 아니었지만 워낙 술 좋아하고 사람 좋아하는 성미인지라 불러주는 것만으로도 고마워하며 자리에 끼는 것이었다. 그 정도가 아니라 해마다 추석 때가 되면 자신의 과수원에서 생산한 사과를 생산 원가에 사내 판매를 하여 만약 사장 자리를 직선으로 뽑는다면 일 등은 못해도 삼사 등은 할 거라고 그의 인기를 부추겨 주는 사람들이 많았다. 심지어는 드세기로 소문난 그의 회사 노조에서조차 이 과장은 사과와 술 인심으로 인기 최고의 관리직 사원이었다.

그런 어느 날 이 과장이 사내 홈페이지 게시판에 글을 하나 올렸는데 글쎄 그의 인기는 사이버에서조차 하늘을 찌르는 것이었다. 그의 글을 접속해서 읽은 사람의 숫자가 회사 홈페이지 개설 이래 신기록을 수립했다.

출근하자마자 습관처럼 회사 홈페이지를 열어 본 사원들이 '사과드립니다 – 이형우' 라고 올라온 제목을 보고는 저마다 클릭을 해댄 것이었다. 올 추석에는 회사도 노조의 강경 투쟁으로 흉흉하여 보너스도 없는 데다가 물가마저 바람난 개구리 새끼 뛰듯 뛰어올랐으니 혹시 공짜로 사과 한 상자 얻는 게 아닌가 하는 심사였다.

생산부 관리1과장 이형우입니다. 지난 화요일 밤 술에 취해 과오를 저질렀습니다. 회사가 노사 갈등으로 어려운 처지에 놓여 있음에도 불구하고 회사 근처에서 술을 마시고 만취되어 회사 앞 노조원들의 농성장에 들어가 우리 회사 노동조합의 강성한 위원장을 희롱한 사실이 있습니다. 저는 평소 술자리에서 호형호제하며 지내던 강 위원장이 날씨도 쌀쌀한데 한뎃잠을 자는 것이 안쓰럽기도 하고, 추석이 다가오는데 회사가 뒤숭숭한 것이 안타깝기도 해서 그랬습니다. 그래서 술 한 잔 하자며 평소처럼 장난을 걸기도 하고 씨름 한 판 붙어 보자며 술에 취해 부적절한 행동을 저질렀습니다. 이에 저는 노조에서 지적한 대로 공과 사를 구별 못하는 사람임과, 노동자들의 신성한 투쟁을 희화화한 관리직 사원임을 자인하며 공식으로 사과드립니다. 앞으로는 절대로 노조의 투쟁을 불법으로 방해하거나 희화화하는 일을 하지 않겠습니다. 제 자신의 부적절한 행위에 대해 거듭 머리 숙여 사과드립니다.

사람이 그립다 6

-5일장 풍경

—

이진훈

"덕재 할머니는 오늘도 장에 가시네. 얼른 올라오세요. 차 떠나요."

"이게 누구셔? 아이구 진구 할머니 아니셔? 장에 가세요?"

"네, 하두 오래 집에만 혼자 누워 있으려니 갑갑증도 나고 여기저기 쑤시지 않는 데가 없어요. 한의원에 가서 침 좀 맞고 물리치료도 좀 하려구요. 천오백 원만 주면 다 해주는 걸요. 요즘 의료보험이 생겨서 자식보다 훨씬 나아요. 어떤 아들 딸년이 여기저기를 그렇게 주물러 줄까? 거동만 제대로 할 수 있으면 매일 가서 물리치료 받고 싶은 걸요. 그런데 덕재 할머니는 그게 무슨 보따리예요?"

"어, 이거? 이거 질갱이지요. 길바닥이며 논두렁 밭두렁에 지천으로 널린 걸요. 한나절만 뜯으면 한 잘래기가 수북해져요."

"그걸 내다팔 게요?"

"그럼요. 가만 집에 들어앉아 있으면 누가 돈 가져다 줍니까? 이렇게 한 잘래기 캐다 장날마다 팔면 오륙천 원은 벌어요."

"아유 덕재 할머니가 돈이 없으셔서? 서울 아드님한테 들키면 경치실 텐데."

"지깟놈이 경을 치든 주리를 틀든 내 손으로 내가 벌어 쓰는데 무슨 상관이래요?"

"돈 많이 벌었다고 근동이 다 아는 아들인데 용돈도 잘 안 주나요?"

"안 주기는요, 잘 주지요. 그런데 아들 뒤꼭지라도 봐야 되는데 워낙 바쁘대나 어쩌대나 잠깐 왔다가는 마루 끝에 앉아 물 한 잔 마시고는 봉투 하나 던져놓고 가기가 일쑤인 걸요. 에미가 해주는 밥이라도 한 그릇 먹고 가면 을매나 좋아요."

"그래 오륙천 원은 벌어 뭣하시게요? 왔다 갔다 마을버스 삯

내고 나면 남는 것도 없을 텐데."

"오륙천 원 벌어 차비 이천 원 내고, 삼사천 원 남으면 식당에 들어가 소주 한 병 시켜 국물 좀 달래면 점심 한 끼 때울 수가 있지요. 집에 있어 봐야 혼잣상에 어디 밥이나 제대로 들어가요? 그래두 장날이나마 질갱이 고사리 고춧잎 같은 거 따다가 팔아 식당에 가 앉아 있으면 젊은 사람, 늙은 사람, 잘생긴 남자, 못생긴 여자 많이많이 볼 수 있잖아요. 어쩌다 친정 동네 아는 사람이라두 만나면 코흘리개 적 동무 얘기도 듣지요. 근데 산 사람보다 저승 간 사람이 더 많던 걸요. 하여튼 장날은 사람 귀경 실컷 하구 막차를 타고 들어가는 날도 있어요."

"안 팔리는 날도 있을 텐데?"

"그런 날은 오리고깃집으로 가면 돼요. 거 왜 있잖아요, 만득씨 메누리. 그 사람이 혼자 된 뒤 이태 만에 툴툴 털고 일어나 읍내 장터에 오리고깃집을 차렸잖우. 아들 둘하고 살면서 언제까지 늙은 시아버지 손만 바라보고 살 수 있겠어요? 그래서 죽은 남편 앞으로 받은 논을 팔아 식당을 낸 거래요. 그 집에 이걸 가져다 주면 밥도 한 그릇 주고 소주도 한 병 주는 걸요. 그리곤 다음 장엔 무슨 나물을 좀 뜯어다 달라고 부탁꺼정 할 때도 있는 걸요."

"그 사람 음전하다는 이야기는 시집올 때부터 들었는데 인정을 쓸 줄 아는 사람이네요."

"민재 할머니, 한의원 갔다가 그 오리고깃집으로 오세요. 내가 오늘 이 질갱이 팔아 한턱 내리다. 민재 할머니도 혼자 밥상 차리기가 쓸쓸하시잖아요?"

"그러지요. 허긴 나도 점심을 먹고 나올까 하다가 차리기도 구찮고 해서 그냥 나왔어요. 그럼 오늘은 내가 덕재 할머니께 얻어먹고 다음 장엔 내가 질갱이 캐다가 팔아 사드리리다."

"그러세요. 그런데, 그럼 민재 할머니와 내가 장사 시샘으로 싸움나지 않을까요?"

"싸울 일이 있으면 싸움도 하지요 뭐. 자, 다 왔네요. 어서 내리세요."

보비

임왕준

혼자 살기 시작하면서부터 사내에게는 새로운 버릇이 여럿 생겼습니다. 집이 떠나가도록 음악을 크게 틀어놓거나, 불을 켜 둔 채 잠을 자거나, 전화통에 매달려 친구들과 수다를 떠는, 조금 소모적인 버릇이 생겼는가 하면, 중국집이나 피자가게에 배달을 시킬 때 1인분을 주문하는 것이 미안해서 다 먹지도 못할 양을 주문하는, 다소 소심한 버릇도 생겼습니다. 그러나 가장 큰 변화는 집 안에서 실오라기 하나 걸치지 않은 알몸으로 돌아다닌다는, 뭔가 많이 흐트러진 버릇이 생겼다는 점이었습니다.

사내는 퇴근하고 집으로 돌아오면 옷부터 훌훌 벗어던졌습니다. 비록 집 안이라는 닫힌 공간 속에서 누리는 자유였지만, 마치 무슨 짓이든 마음대로 할 수 있는 특권을 얻은 사람처럼, 알몸의 사내는 당당하고 거침없이 집 안을 휘젓고 다녔습니다.

아침이면 사내는 화장실 문을 활짝 열어젖힌 채 변기에 앉아 책을 읽었습니다. 그럴 때면 보비는 문턱에 서서 사내의 모습을 신기한 듯 바라보았습니다. 보비라는 이름의 이 요크셔테리어가 사내와 함께 살게 된 사정은 조금 복잡합니다.

보비를 기르고 있던 어느 부유한 집안의 며느리는 개를 싫어하는 시아버지의 끊임없는 잔소리를 견디다 못해, 결국 동물병원에 맡겨 버렸다고 합니다. 병원을 자주 드나들던 한 여자가 개를 데려갔지만, 얼마 후에 기대하지도 않았던 예쁘고 어린 강아지가 한 마리 생기자, 보비를 친구에게 주어 버렸다고 합니다. 그러나 개털이 손자의 건강에 좋지 않다는 이유로 성화를 부리는 시어머니 등쌀에 그 여자 역시 개를 처분해야 했고, 보비는 또 한 번 살던 집에서 쫓겨나게 되었습니다. 그렇게 보비는 동네 슈퍼 아저씨에게 맡겨졌고, 가게 앞 평상 다리에 묶인 채 사람들의 구둣발에 이리저리 차이는 모습이 보기에 안쓰러웠던 사내가 데려다 키우기 시작한 것입니다.

그러나 사실 사내는 보비를 별로 좋아하지 않았습니다. 요크셔테리어 같은 애완견은 돈 많고 걱정 없는 사람들이 몸에 걸고 다니는 장신구처럼 여겨져서 왠지 역겨운 기분이 들었고, 게다가 이름도 마음에 들지 않았습니다. 대체 보비가 뭡니까, 보비가. 예쁘고 앙증맞은 우리말 이름을 다 제쳐 두고 하필이면 미국 이름을, 그것도 암캐에게 서양 남자 이름을 붙여 놓은 개 주인의 처사가 마뜩찮았던 것입니다. 이 주먹만한 개에게 보비라는 이름은 마치 남에게 얻어 입은 옷처럼 어색하게만 느껴졌습니다. 보비와 동거 중인 것은 부정할 수 없는 사실이었지만, 사내는 여전히 자신이 혼자 살고 있다고 생각했습니다. 어찌 보면 그것은 사내의 무의식 속에서 자신의 삶에 누군가의 존재가 개입하는 것을 근본적으로 거부하고 있었기 때문인지도 모릅니다.

처음 보비를 집으로 데려왔을 때, 그 한심한 이름의 개는 심한 신경증 증세를 보였습니다. 아무 이유 없이 벽에 등을 붙이고 두 발로 선 채 벌이라도 서듯이 애처로운 눈길로 사내를 바라보거나, 갑자기 책상 위로 뛰어올라 벌벌 떨면서 컴퓨터 자판 위를 걸어 다녔습니다. 혹시라도 누군가 초인종을 누르면, 짖거나 공격적인 자세를 취하기는커녕, 비겁하게 이불 속을 파고들거나 사내의 등 뒤로 몸을 숨겼습니다.

먹이를 주면 꼬리를 치고 아양을 떨다가도, 일단 배가 부르면 구석에 처박혀 사내에게 눈길 한번 주지 않았습니다. 하지만 사내가 늦은 귀갓길에서 돌아올 때면, 목쉰 노인의 잔기침 같은 소리로 사내를 보고 짖어 댔습니다. 결국 보비가 이를 드러내고 짖는 상대가 있다면, 오로지 사내 한 사람뿐이었던 것 같습니다.

그러나 보비의 신경증 증세 가운데에서 가장 엽기적인 행동은, 오줌을 눌 때면 항상 사내에게 등을 돌린다는 것이었습니다. 성견이 되었지만 오줌을 가리지 못했던 보비는 집 안 여기저기에 지도를 그려 놓았습니다. 그때마다 보비는 뭔가 몹시 안타까운 시선으로 한동안 사내를 쳐다보다가 갑자기 등을 돌리며 오줌을 누었습니다. 마치 아이들이 욕을 할 때 손으로 쑥떡을 먹이듯 말입니다. 처음엔 사내도 기분이 몹시 상했습니다.

혼자 살다 보니, 개한테까지 무시를 당하는구나 하는 생각이 들었기 때문이었죠. 세월이 흘러도 사내를 향해 오줌을 갈기는 그 못된 버릇은 사라지지 않았지만, 사내는 그런 몰지각한 행동 뒤에는 뭔가 말 못할 사연이 있을 거라고 생각했습니다.

아침마다 사내가 화장실에서 읽는 책, 『무탄트』에서 저자인 모건 말로는 이렇게 말하고 있었습니다. 원래 인간들에게는 다른 동물들과 마찬가지로 텔레파시의 능력이 있었지만, 거짓과 속임수로 점철된 인간의 언어를 사용하면서부터 그 능력을 상실하게 되었다고. 인간이 완벽한 진실만을 가지고 소통할 수 있다면, 언어라는 것은 필요가 없다고 말입니다.

화장실 문턱에 두 발을 올려놓고 사내를 바라보는 보비의 눈을 바라보면서, 사내는 잠시 생각에 잠기곤 했습니다. 저 개는 지금 내게 어떤 진실의 신호를 보내고 있는 것일까? 나를 바라보는 저 슬픈 눈을 통해 내게 발신하는 텔레파시의 내용은 대체 무엇일까? 여전히 크고 작은 거짓 속에서 살아가고 있는 내가 알아들을 수 없는 텔레파시 언어란 과연 어떤 것일까? 마치 낡은 잡지나 찌그러진 구두처럼 여러 번 버림을 받았던 저 작고 가련한 개의 진실은 무엇일까? 그 무언의 신호를 이해하는 날이 내게도 찾아올 것인가……. 사내는 알 수 없었습니다.

그처럼 보비와 동거 아닌 동거를 계속하면서 세월은 쉬지 않고 흘러갔습니다. 그러던 어느 날, 사내는 강원도 거진으로 휴가를 떠나게 되었습니다. 물론 거추장스러운 보비는 홀로 집에 남겨둔 채 말입니다.

철 지난 바닷가에 몸을 뉘인 사내는 구름 속에 몸을 감추고 있는 태양을 바라보았습니다. 순간 사내의 가슴속에서는 알 수 없는 외로움이 밀려오면서 엉뚱하게도 집에 두고 온 보비가 떠올랐습니다. 마치 벽장 속에 처박아 두었던 오래된 외투나 이제 더 이상 듣지 않는 음반이 아무 이유 없이 어느 순간 문득 떠오르는 것처럼, 보비 생각이 사내의 뇌리를 스쳤던 것입니다.

주책없이, 사내의 마음이 아려 오기 시작했습니다. 귀찮을 때면 발로 밀어붙이고, 얄미울 때면 밥을 굶기던 자신의 치졸함이 더없이 부끄럽게 여겨졌습니다. 그리고 머릿속은 쓸데없는 계산으로 복잡해지기 시작했습니다.

개의 수명이 인간의 수명보다 다섯 배쯤 짧다면, 지난 한 해

동안 사내가 느릿느릿 살아오는 동안, 보비는 그 짧은 다리로 다섯 배를 숨가쁘게 달려왔다는 사실을 깨닫게 되었습니다. 보비가 사내를 향해 뛰어올 때, 마치 비디오의 빨리감기 버튼을 누른 것처럼 분주하게 움직이는 네 개의 다리를 보면서 혼자 큰 소리로 웃었던 기억이 새로웠습니다. 혼자 살고 있다는 착각 속에서 사내가 알몸으로 당당하게 집 안을 돌아다니는 동안, 구석에 웅크리고 있던 왜소한 몸집의 보비는 사내보다 다섯 배나 빠른 속도로 홀로 늙어 가고 있었던 것입니다.

갑자기 사내의 가슴속엔 돌덩이처럼 단단한 슬픔이 자리잡기 시작했습니다. 사내는 혼자 사는 것이 아니었던 것입니다. 눈에 잘 띄지 않은 한구석에서 홀로 늙어 가고 있었을 뿐, 보비는 엄연히 사내와 함께 살고 있는 유일한 가족이었던 것입니다. 보비는 사내보다 두 개의 다리를 더 가지고 있었지만, 사내보다 다섯 배는 빨리 걸어야 사내의 삶의 속도와 맞출 수 있었던 것입니다. 그래서 보비는 죽어라고 빨리 걸었던 것입니다. 그러나 아무리 빨리 걸어도, 보비는 이 험한 세상을 사내보다 먼저 떠날 것이 분명했습니다.

사내는 속으로 생각했습니다. 언젠가 헤어질 날이 찾아온다면, 보비가 아주 작은 몸짓으로라도 미리 알려 주어, 언제나 그랬듯이 아무 대책 없는 내게 이별을 준비할 시간을 주었으면 좋겠다고 말입니다. 항상 이별에 서툴렀던 사내는, 이번만은 헤어지는 연습을 해보고 싶었습니다.

귀신

임왕준

사내는 아버지가 왜 그런 첩첩산중으로 들어갔는지 알 수가 없었습니다. 아니, 화가 치밀었습니다. 오랜 외국 생활을 마치고 돌아왔을 때, 아버지가 서울 집을 떠나 지리산 자락 범왕리 산골로 들어갔다는 것을 알게 되었고, 이를 모른 척 내버려두었던 형과 누나가 몹시 원망스러웠습니다.

어머니가 돌아가신 뒤, 자식들의 집으로 들어갈 수 없었던 아버지는 몇 년간의 독신 생활 끝에 초등학교 시절 동창생을 만나셨고, 범왕리 산골에 있는 그 동창 할머니의 댁으로 들어가 함께 사시게 되었던 겁니다.

십여 년 만에 만난 막내를 보고도 아버지에겐 별다른 감흥이 없는 것 같았습니다. 자주 끊기는 대화가 어색하게 계속되는 동안, 아버지는 연신 몸을 좌우로 흔들며 막내의 시선을 피했습니다. 사내 역시 마음이 편치 않았습니다. 장성하여 연로한 아버지를 찾아왔지만, 사실 사내에게는 아버지를 서울로 모셔올 재력도 없었고, 여건도 되지 않았습니다. 십여 년 전 유학길에 올라 많은 돈을 탕진했지만, 뜻했던 대로 공부를 마치지도 못했고, 아이도 없이 아내와 헤어졌으며, 한때 심한 알코올 중독으로 정상적인 생활을 포기했던 시절도 있었습니다. 사내는 낯선 곳에 정착한 아버지를 위로하기보다는, 오히려 그런 아버지에게서 위로를 받고 싶어하는 못난 자신을 발견하곤 어서 자리를 뜨고 싶었습니다.

할머니의 만류를 무릅쓰고, 길을 나섰을 때는 이미 밤이 깊게 내려앉고 있었습니다. 칠흑 같은 밤길에 달빛만 교교했고, 섬뜩한 밤 공기에 사내의 옷이 축축하게 젖었습니다. 벌레 소리조차 들리지 않는 산길을 혼자 걷던 사내는 낮게 울리는 자신의 발짝 소리에 소스라치게 놀라 부라부랴 걸음을 재촉했습니다.

굽은 길을 돌아들자 사내 앞에 두 갈래 길이 나타났습니다. 길을 떠나기 전, 할머니는 사내에게 두 갈래 길이 나타날 것을 예고하면서 어느 쪽으로 가야 할지를 미리 알려 주었습니다. 하지만, 땀으로 온몸이 젖은 사내의 머릿속에서는 아무 생각도 나지 않았습니다. 할머니는 사내에게, 한쪽 길은 평지로 내려가는 지름길이고, 다른 쪽 길은 건너편 산으로 이어지는 오솔길이지만 한 발짝만 헛디디면 까마득한 절벽으로 떨어져 목숨을 잃을 수도 있다고 말했습니다. 사내는 등이 스멀거리며 한줄기 식은 땀이 흐르는 것을 느꼈습니다.

순간, 어둠 속에서 형체를 분간할 수 없는 희뿌연 물체 하나가 갑자기 사내의 시야에 들어왔습니다. 머리가 쭈뼛 서고 온몸에 소름이 돋았습니다. 주체할 수 없이 몸을 떨면서 사내는 눈에 힘을 주어 그 물체를 뚫어지게 바라보았습니다. 흰 옷을 입은 여자 하나가 머리를 풀어헤친 채, 길가에 쭈그리고 앉아 있었습니다. 그리고 서서히 고개를 들어 사내를 올려다보았습니다. 어둠 속에서 희게 부푸는 얼굴이 사내를 향해 말했습니다.

저 좀 데려가 주시겠어요.

감전이라도 된 듯, 발을 땅에서 떼지도 못한 채 극도의 공포 속에서 몸을 떨고 있던 사내는 자신도 모르는 사이에 속옷을 적셔 버렸습니다. 정신을 잃지 않으려고 안간힘을 쓰면서 사내는 귀신의 얼굴을 똑바로 바라보았습니다. 놀랍게도 그것은 바로 사내 자신의 얼굴이었습니다.

그렇게 귀신을 만난 뒤부터 사내는 알게 되었습니다. 귀신은 바로 자신의 얼굴이라는 사실을. 그리고 혼자 걷는 밤길에 불현듯 낯선 얼굴로 나타나 나직이 속삭인다는 것을.

저 좀 데려가 주시겠어요.

암살의 배후

정성환

코렉산드리아에 타르튀중이라는 정치가가 있었다. 그는 일찍이 정치에 입문하여 일생을 정치에 몰두해 온 사람이었다. 그의 모든 생각과 언행은 언제나 정치와 연관되어 있었다. 그는 젊은 나이에 국회의원에 당선되었고 정치적으로 상당한 성공을 거두었으나 국회의원으로 만족하지 않고 더 높은 목표를 쟁취하기 위해서 갖은 수단과 방법을 동원했다. 그의 목표는 최고 권력을 잡는 것이었다. 타르튀중은 현란한 언변의 소유자였으며 비상한 술수를 부릴 줄 아는 사람이었다. 그런 능력을 구사해 야당 지도자의 자리를 차지하고 드디어 최고 권좌에

도전하는 기회를 잡았다. 그러나 선거 결과 그는 여당 후보 곤잘레희에게 패배했다. 하지만 타르튀중은 선거에 부정이 있었다면서 패배를 인정하지 않았다. 부정 선거로 잡은 권력은 정통성이 없으니 곤잘레희는 권좌에서 물러나고 선거를 다시 해야 한다며 선거 불복 투쟁을 펼쳤다. 권부 쪽에서 그에게 행동을 자제하라는 경고를 보냈지만 타르튀중은 지지자들과 함께 투쟁을 멈추지 않았다. 그러자 권력은 그를 민중선동죄로 감옥에 가두어 버렸다.

그는 감옥에서도 투쟁을 멈추지 않았다. 오히려 더 맹렬했다. 그는 감옥에서도 외부로 편지를 써 보내면서 지지자들에게 강력히 투쟁할 것을 지시했다. 그가 감옥에 갇혀 있자 그를 지지하는 사람들의 수가 오히려 더 늘어났다. 많은 사람들이 타르튀중을 석방하라고 탄원서를 쓰고 시위를 했다. 그는 감옥에 앉아 있으면서 민주 지도자로 부상했다. 외국의 인권단체에서도 그를 석방하라고 코렉산드리아에 압력을 가했다. 타르튀중은 일약 국제적 인물이 되고 영웅적 민주투사로 알려졌다. 결국 권력은 조건부로 그를 석방하였다. 조건은 그의 가족은 국내에 두고 비서 한 사람만 대동하여 국외로 망명을 나가되 외국에서 일체의 반정부 활동을 하지 않는다는 것이었다. 그는 제안을 받아들여 서약서에 서명하고 비서 모지리현과 함께 코렉산드리아를 떠나 외국으로 망명을 떠났다. 그러나 타르튀중은 망명지 공항에 내리자마자 약속을 어기고 반정부 발언을 마구 쏟아냈다.

타르튀중은 국외에서 투쟁 수위를 더한층 높여 갔다. 그는 본국의 독재정권을 반드시 무너뜨려야 한다고 역설했다. 그는 본국의 집권세력에 대항할 망명정부를 만들기 위해 반정부 세력 규합에 나섰다. 하지만 거대한 권력에 대적해 싸울 망명정부를 만드는 일은 지극히 어려웠다. 어쩌다 그에게 동조했던 사람들도 타르튀중을 가까이에서 만나 보고는 그의 인간성에 실망해서 돌아서는 경우가 많았다. 화려한 언변과 교묘한 술수로 잠시 사람을 현혹시킬 수는 있었지만 진정으로 사람을 감동시키지는 못했기 때문이었다. 남아서 그들을 돕는 사람들 중에는 순수한 협력자보다 이해타산을 노리는 사람들이 많았다.

이런 상태로는 성공적으로 망명정부를 구성하기가 어렵고, 설령 망명정부를 만든다 하더라도 본국의 정권을 무너뜨리고 정권을 쟁취한다는 것은 요원해 보였다. 타르튀중을 보좌하고 있는 모지리현도 점차 의욕을 잃어 갔다. 신변의 위험도 점차 높아져 갔다. 타르튀중과 자신이 언제 암살당할지 모른다는 두려움이 엄습했다. 모지리현은 타르튀중으로부터 뛰어난 정치적 지략과 교묘한 술수를 많이 배워 온 사람이다. 사랑하는 가족과 이별하여 타국에서 가능할 것 같지도 않은 권력 획득에 목숨을 걸고 있는 자신의 처지를 뒤돌아보았다. 모지리현은 깊은 생각에 빠져들었다.

어느 날 오후 7시. 모지리현이 머리가 심히 아프다고 약국에 가서 약을 좀 사오겠다며 잠시 나갔다 오겠다고 타르튀중에게 말하고 호텔방을 빠져나간다. 타르튀중은 방금 시작한 TV의 뉴스에 정신이 팔려 있다. 7시 5분. 모지리현은 호텔을 빠져나와 길을 건너기 위해서 호텔 앞 건널목에 서있다. 건너편에 한 건장한 사내가 역시 신호등의 녹색 불을 기다리고 있다. 녹색 불이 켜지고 둘은 건널목을 걷는다. 가운데쯤에서 두 사람의 몸이 살짝 스친다. 그때 건장한 사내가 주머니에서 짙은 선글라스를 꺼내어 쓴다. 모지리현은 길을 건너가 왼쪽으로 50여 미터를 걸어가 한 약국에 들어간다. 그는 머리가 아프니 두통약을 좀 달라고 서툰 외국어로 말한다. 약사가 그의 말을 잘 알아듣지 못하고 되묻는다. 그러나 약사의 말은 또 그가 잘 알아듣지 못한다. 그러느라 시간이 좀 흘러간다. 얼마 후 의사 전달이 되어서 두통약을 산다. 그는 물을 달라는 시늉을 해서 방금 산 두통약을 약국의 의자에 앉아서 먹는다. 약을 먹은 뒤 이마를 만지며 잠시 앉아 있다가 약국을 나선다. 7시 18분. 그는 호텔 앞 건널목 앞에 선다. 길 건너편에는 또 선글라스의 사내가 서 있다. 신호등에 녹색 불이 들어오고 둘은 건널목을 걷는다. 가운데에서 또 두 사람의 몸이 살짝 스친다. 7시 21분. 모지리현이 호텔 방문을 열고 들어선다. 방에는 엄청난 일이 벌어져 있다. 타르튀중이 소파에서 TV를 보는 자세로 앉아 이마와 가슴에 피를 흘리고 있다. 모지리현이 잠시 머뭇거리다가 프런트에 전화를 한다. 7시 30분. 경찰차와 구급차가 호텔에 도착한다. 7시 34분. 의사가 타르튀중의 사망을 선언한다.

현지 경찰과 본국의 경찰이 공조해서 합동수사를 벌이지만 범인을 잡지 못했다. 각종 추측성 유어비어가 난무했다. 그 중에 가장 설득력이 있는 암살설은 본국의 비밀정보기관 요원이 야당 지도자 타르퀴중을 암살했을 것이며 암살 지령자는 최고 권력자 곤잘레희일 거라는 것이었다. 타르퀴중의 장례에는 수많은 시민이 몰려 그의 죽음을 애도했다. 정권욕에 불타던 권모술수의 화신은 암살을 당함으로 해서 국민적 영웅으로 추앙받게 된다. 그를 추종하는 세력들이 그의 관을 메고 시위를 했다. 장례 행렬은 시위대로 변질하고 성난 시위대는 최고통치자의 관저로 쳐들어갔다. 경찰이 발포하고 사상자가 발생했다. 사상자가 발생하자 시위는 걷잡을 수 없이 온 나라로 퍼져 나갔다. 많은 희생자가 나오고 끝내는 정권이 무너지고 최고 통치자 곤잘레희는 국외로 망명했다.

과도 정부에서 선거가 치러졌다. 국민은 암살당한 야당 지도자 타르퀴중을 대신하여 서민의 동지라는 모지리현을 새 통치자로 뽑았다. 국민들은 모지리현이 나라를 잘 관리해서 서민을 잘 살게 해주리라 희망을 걸었다. 그러나 모지리현의 부하들, 즉 타르퀴중의 부하들은 국가 경영의 경험이 없는 사람들이었다. 그들은 정권을 잡기 위해 권력에 대하여 반대를 위한 반대를 해온 세력들로 나라를 제대로 운영할 능력이 없었다. 그들은 권력을 잡자 부정과 비리에 혈안이 되어 버렸다. 경제는 파탄에 이르고 서민의 삶은 피폐해졌다. 죽어서 국민적 영웅이 된 타르튀중의 두 아들도 권력형 부정부패에 연루되어 감옥에 가는 사태가 벌어졌다. 코렉산드리아 국민들은 크게 실망했다. 자신들의 실수에 가슴을 쳤다. 구관이 명관이라며 독재는 좀 했지만 경제가 좋았던 곤잘레희 시대가 그래도 살기가 좋았다고 생각하는 국민이 늘어났다. 곤잘레희를 망명지에서 데려오자는 운동이 일기 시작했다. 그러나 그 운동은 오래 지속되지 못했다. 얼마 후 곤잘레희가 망명지에서 암살당했기 때문이다. 암살의 배후는 쉽게 밝혀지지 않았고 민심은 흉흉해져 갔으나 모지리현은 국가 경영은 제쳐놓고 측근들과 함께 권력에 취해서 기고만장하고 있었다.

어느 날이었다. 타르튀중이 암살당했던 나라인 제피니욘에서 온 신문기자와 모지리현이 인터뷰를 하게 되었다. 그 기자는 모지리현이 타르튀중과 함께 망명 생활을 할 때부터 잘 아는 사이였기에 모지리현은 기꺼이 인터뷰에 응해 주었다. 의례적인 인사가 오가고 기자는 본격적인 질문을 했다. 기자는 신문사에서 비밀리에 특별팀을 만들어 타르퉈중 암살 사건과 곤잘레회의 암살 사건을 추적해 온 팀장이었다. 기자는 특별팀이 그간 추적해 온 암살의 진상을 털어놓았다. 타르퉈중을 암살하도록 배후에서 조종한 사람은 타르퉈중의 죽음에 의해 권력을 잡을 수 있었던 모지리현이고, 곤잘레회를 암살하도록 명령한 것도 곤잘레회의 권력 복귀를 두려워한 모지리현이라는 것이었다. 사건의 진상을 밝힐 증거와 증인은 완벽하게 확보되었다고 했다. 모지리현이 파격적인 거래를 제안했으나 기자는 일언지하에 거절하고 자리에서 일어서면서 마지막으로 쐐기를 박았다.

"본 기자가 이 관저에서 나가다가 죽임을 당하고 시체가 흔적 없이 사라진다 해도 내일 아침 우리 조간신문에는 암살의 배후가 상세히 실릴 것입니다."

기자는 그날 밤 귀국하는 비행기 안에서 모지리현의 자살 소식을 들었다.

분노의 섬

정성환

한 섬이 있었다. 그 섬은 풍광이 매우 아름다웠다. 섬사람들은 배를 만드는 기술이 뛰어났다. 잘 만든 배를 이용하여 많은 고기를 잡았고 고기를 다른 나라에 팔아 높은 수입을 올릴 수 있었다. 그 섬은 해산물뿐 아니라 땅도 비옥하여 농작물이 잘 자라고 품질도 우수했다. 남는 식량 역시 수출하여 섬의 소득에 크게 이바지했다. 그들은 이렇게 하여 얻은 수익으로 공장까지 지어서 우수한 공산품을 만들어 역시 많은 수익을 올렸다. 농업 · 공업 · 수산업 등 모두 잘 되었던 것이다. 이는 원래 이 섬사람들이 재주가 많고 부지런하기도 했지만 훌륭한 통치자들을 만났기 때문이기도 했다. 그 섬은 다른 나라 사람들에게 본받아야 할 섬으로 알려졌다. 그래서 대부분의 섬사람들은 자부심을 가지고 평화롭게 잘 살고 있었다.

그 섬의 어느 마을에 한 사내아이가 태어났다. 아이는 자라면서 머리는 똑똑한데 몸집은 좀 작은 편이었다. 아이는 몸집이 작은 관계로 가끔 덩치 큰 아이들에게 얻어맞을 때가 있었다. 그럴 때마다 아이는 분노를 느꼈으나 힘이 약해 어쩔 수 없이 참아야 했다. 머리가 좋은데도 집안 사정으로 공부를 많이 시키지 못했다. 자신보다 공부를 못하는 아이들이 상급 학교를 가는데도, 자신은 진학을 포기하고 집안일을 돕고 있어야 한다는 것이 아이에게는 큰 불만이었다. 아이는 그런 현실에 분노했다. 아이는 그런 현실에 복수를 하고 싶었다.

그러나 몸집이 작고 주먹이 약한 아이는 힘으로는 어떻게 할 도리가 없었다. 아이는 공부로 이 세상에 복수하기로 마음먹었다. 아이는 독학으로 공부하여 최고로 어려운 자격시험에 합격하였다. 그는 드디어 출세를 한 것이다. 그래도 그의 분노는 잦아지지 않았다. 출세를 하고도 그는 계속 이 세상에 대해서 분노했다. 그처럼 이 세상에 대해 분노하는 사람들이 여럿 있었다. 그는 자신처럼 분노하는 사람들을 끌어모았다. 분노하는 자들이여, 다 내게로 오시오! 내가 여러분의 분노를 풀어 주겠습니다! 그는 마치 선지자처럼 외쳤다. 분노를 느끼는 자들이 하나 둘 그의 주위에 몰려들었다. 그를 따르는 사람들은 대체로 인생 경험이 일천하고 세상에 대해 불평불만이 많은 사람들이었다. 처음은 미미했으나 날이 갈수록 분노하는 자들의 수는 급격히 늘어났고, 그들의 결속력은 쇠사슬처럼 단단했다. 그들은 결국 종교집단이 되었다. 이름하여 분노교. 그는 드디어 분노교의 교주가 되었다.

분노만이 세상을 바꿀 수 있다고 그들은 외쳤다. 그를 추종하는 신도들이 점차 본색을 드러냈다. 그들은 촛불 행진을 하면서 소리 높이 외쳤다. 이제 역사적 순간이 왔도다! 우리의 분노교주님을 섬의 통치자로 모시자! 끝내는 분노교도가 섬을 접수했고 분노교주가 섬의 통치자가 되었다. 마침내 그들의 세상이 된 것이다. 이제 그들 마음대로 분노를 터뜨릴 수 있게 되었다. 결국 섬에는 화합과 평화의 시대가 가고 분노의 시대가 온 것이다. 분노는 보복을 부르고 보복은 새로운 분노를 만들었다. 분노와 보복의 악순환이 역병처럼 퍼져 나갔다. 분노의 광풍이 온 섬을 휩쓸었다. 수십 년 전 조상 때의 일까지 들추어내면서 서로 보복을 주고받았다. 온 섬이 피로 물들었다. 선원들은 배를 부수고 자신들의 주인인 선주를 끌어내어 무릎을 꿇리고 몽둥이를 휘둘렀다. 항구는 폐허가 되고 여기저기 부서진 배들이 버려져 있었다. 공장의 노동자들은 기계에 모래를 끼얹고 사장의 멱살을 잡았다. 농부들도 삽과 괭이를 휘두르며 편을 갈라 싸움을 했다.

질 좋고 풍부하던 수산물과 공산품, 농업 생산물도 수출은커녕 섬사람의 몫도 모자랐다. 다른 나라의 배들도 그 섬에 오지 않았다. 섬은 점차 고립되어 갔다. 섬에 남은 것은 아무것도 없었다. 단지 분노만이 도깨비처럼 창궐할 뿐이었다.

잠 못 드는 장군님

최서윤

장군님은 요즘 피곤한 기색이시다. 살아 생전, 밤잠 못 자고 한산도 밝은 달을 바라보며 나라를 지켰는데, 아직까지 잠을 잘 수 없어서 괴롭다고 하셨다. 왜 잠을 못 주무시냐고 물었더니 읽어 보라며 신문을 내미신다.

서울 종로경찰서는 올해 초부터 이순신 장군 동상 바로 밑 안전지대에 경비 병력과 교통 순찰팀을 연중무휴로 상시 배치해 경계근무를 서도록 하고 있다. 경찰은 의경 2명을 24시간 상주시키는 한편 순찰차와 경찰관 2명도 배치했다. 세종로는 미국대사관과 정부중앙청사, 언론사 등 주요 기관이 몰려 있어 집회 시위의 '메카'가

된 데다 최근 들어 동상 위나 주변에서 위험수위가 높은 기습 시위가 자주 벌어져 경비 인력 상시 배치로 순간 대응력을 높이기 위해서라는 게 경찰 설명이다. 특히 유동인구와 교통량이 많아 이목이 집중되는 동상 바로 앞에서 분신 등 과격한 행동을 하거나 동상에 올라가 고공 시위를 벌이는 시위자들이 있어 이를 막으려면 한순간도 방심할 수 없다는 것.

황우석 박사를 지지하는 60대 남자가 지난해 동상 앞에서 새벽에 몸에 시너를 뿌리고 분신해 병원으로 옮겨졌지만 결국 숨지는 사고가 일어나기도 했다. 또 사회복지시설의 운영 비리를 고발하던 장애인단체 활동가 2명도 지난해 말 동상에 올라가 30분 동안 시위를 벌여 아찔한 장면을 연출했다. 올해 8월에는 한총련 대학생들이 한·미연합 을지포커스렌즈UFL 연습 반대 시위를 벌이면서 교통신호를 무시하고 동상 아래로 뛰어들어 주변 도로가 아수라장이 된 일도 있었다. 경찰은 2002년 초 대학생들이 조지 W. 부시 미국 대통령의 방한에 반대한다며 동상에 올라가 성조기를 태우며 시위를 벌이자 한때 동상 앞에 버스와 경비 병력을 상주시킨 바 있다.

종로경찰서 관계자는 16일 "차량과 사람의 통행이 많은 지역 특성상 예고되지 않은 기습 시위에 재빨리 대응하지 못하면 시민들이 엄청난 불편을 겪을 수밖에 없다"며 "경비 인력을 배치한 뒤 돌발 상황이 크게 준 것으로 판단한다"고 말했다.

이에 대해 인권실천시민연대 오창익 사무국장은 "돌발 상황에 대비해 경비 병력을 상시 배치하는 것은 비합리적인 인력 낭비"라며 "경찰 병력은 시민의 안전을 위해 적재적소에 합리적으로 배치되고 운영돼야 한다"고 지적했다. – 신문 기사 인용

위의 기사가 널리 퍼져 나간 뒤에 장군님은 더욱 초췌해지셨다. 또 무슨 일이냐고 물었더니 밤낮으로 시끄러운 댓글이 장난이 아니라고 하신다.

외롭지는 않네요, 장군님. 장군님 생각 | 2007.10.17 |

외롭지는 않아요, 장군님을 지키는 사람이 있어서, 대한민국 화이팅

동상이무슨죄인가. 썬플라워님 생각 | 2007.10.17 |

착하게 삽시다. 남들도 좀 생각하시고……

어이없다. 청솔님 생각 | 2007.10.17 |
어이없다. 점거하겠다는 사람들이나, 일어나지도 않은 것을 걱정하는 경찰이나. 어이없다…….

인권 운운하는 단체 이름만 들어도……. 죽비님 생각 | 2007.10.17 |
소화가 안 된다. 아무데나 무조건 인권이냐???. 경찰 제대로 하고 있구먼.

동상앞에서왜시위해 썬플라워님 생각 | 2007.10.17 |
다른 사람들도 생각해야지. 생각 없는 사람들…….

-댓글 인용

비탈 장미

최서윤

평지의 꽃나무들이 눈에 띄게 아름다운 꽃을 피우기 위해 제각각 골몰하고 있을 때, 비탈에 서 있는 장미는 바람과 목마름을 견디는 것만도 힘에 겨워 하늘과 땅을 원망한다.

비탈에 비가 내리면 땅속으로 스며들지 않고 흘러가며 고운 흙까지 끌고 내려가 그곳은 점점 더 파이고 돌투성이 땅이 된다.

살아남기 위해서 발버둥치다가 어느 날 자신도 모르게 꽃을 피운 비탈 장미는 특별히 아름답고 오래도록 싱싱하다. 사람들이 찬사와 사랑을 보내며 비탈 장미의 특별한 아름다움을 척박한 환경을 이겨낸 힘 때문이라고 한다.

그러나 비탈 장미는 함께 목마름을 견디며 바람을 이겨내다가, 꺾이고 말라죽은 옆 가지 때문에…… 그런데도 꽃을 피운 자신 때문에…… 슬픔의 반향으로 오래도록 아름답고 향기가 진하다.

강

최서윤

어둠을 베어 먹고 태어난 짐승이 거칠게 노래하는 시간, 야생의 생명이 살아난다. 이곳을 지나던 사람은 진하고 끈끈한 즙에서 나오는 습기와 그 속에 배어 있는 알 수 없는 냄새와 꿈틀거리는 침묵의 늪 속으로 빠져든다.

태양의 진군이 시작되어 달이 빛을 잃을 때, 무대가 바뀌는 모습을 감추는 젖빛 안개가 피어오른다. 새들이 그 속에 서둘러 알을 낳고 날아간다.

태양이 안개를 밀어낸 뒤 길게 자란 물풀의 머리채를 흔드는 물살이 보인다. 강은 바닥이 보이지 않을 정도로 거뭇하게 깊다.

유원지의 뾰족 지붕, 알록달록한 벽 건물에서 사람들이 깨어난다. 그들은 마당을 쓸고, 놀이기구를 돌아보고, 사육장의 사슴, 공작새, 토끼를 살펴보고 먹이를 준다. 태양이 높이 솟아오르면 산 그림자를 안고 흐르는 강물의 초록이 짙어진다.

한낮에 도착한 버스가 아이들을 내려놓으면 동글동글 예쁘고 단단한 자갈을 강변 모래밭에 쏟아놓은 듯 맑고 투명한 목소리가 여름 햇빛에 빛나며 튀어 오른다. 그 속에 새소리, 매미 소리, 풀벌레 소리가 섞여 든다. 파란 하늘에 떠 있는 뭉게구름이 천천히 흘러간다.

저녁을 먹고 난 아이들이 강당에 모여 있는 동안 아이들을 따라다니던 젊은이들은 아이들의 잠자리를 준비한다. 유원지 관리인이 손님과 함께 나룻배를 타고 건너편 산기슭으로 건너간다.

좁은 방에서 뒤엉켜 자는 아이들이 내쉬는 숨결에 뿜어져 나오는 열기와 잠꼬대 소리가 열어 놓은 문 밖으로 흘러나온다. 무슨 꿈을 꾸는지 자면서 소리죽여 흐느끼는 아이의 울음소리도 들린다. 잠든 아이들을 지키는 젊은이들이 문 앞에 앉아 있다. 무료함을 달래는 그들의 이야기 속에 꿈, 열정, 좌절, 막연한 불안감이 녹아 있다. 외등 주위로 나방과 하루살이가 날아든다. 강 건너 건물의 빨간 불빛이 밤늦도록 켜 있다.

달팽이집처럼 돌돌 말린 초록색 모기향이 조금씩 타들어 가며 재를 남긴다. 외등 불빛이 깜빡 조는 순간, 유성이 어둠에 선을 긋는다. 강 이편과 저편 사이로, 사람들의 발밑으로 매끄럽고 검은 강이 흐른다.

소설가 H의 행방

—

홍 적

무명 소설가 H. 그가 서울 생활을 청산하고 시골로 내려간 것은 지금으로부터 꼭 사 년 전, 그의 나이 막 쉰을 넘긴 해였다. 평생을 독신으로 지낸 그는 서울 생활 이십오 년째를 맞던 그해 여름 어느 날, 마치 도망치듯 훌쩍 그의 고향으로 내려가 버렸다. 일곱 살 때, 인근의 대도시로 이주하는 가족과 함께 떠난 지 꼭 사십사 년 만의 귀향이었다.

강원도와 경상도를 가르는 태백산 아래 산간오지의 한 소읍 부근. 철길 옆에 홀로 떨어져 나온 독산獨山을 등진 사당祠堂. 고향의 창업 선조들의 위패가 모셔진 그 사당이 바로 그의 새로운 거처였다. 사당의 양옆으로는 정자 한 채와 기와집 한 동이 있는데, 그는 사당의 관리채인 세 칸짜리 그 기와집에서 지난 사 년을 살았다. 한데, 그곳에서 그가 다시 사라졌다.

그동안 우리는 한 달이면 평균 한두 번씩 전화를 걸어 서로의 안부를 묻곤 했다. 그러나 일주일 전부터 그는 전화를 받지 않았다. 휴대전화가 없는 그와의 통화는 언제나 유선전화였다. 며칠 전 나는 여느 때와 마찬가지로 저녁 여덟 시경에 그에게 전화를 걸었다. 받지 않았다. 그 후 한 시간 간격으로 서너 차례나 더 해 보았지만 허사였다. 다음날도 그 다음 날도 마찬가지였다.

그로부터 다시 일주일 후인 지난 토요일 새벽. 나는 마침내 차를 몰고 서울에서 세 시간 가량 걸리는 그의 고향을 향해 떠났다.

한지 문의 방 세 개는 어느 하나도 자물쇠가 채워져 있지 않았다. 나는 먼저 주방을 겸하고 있는 안방 문을 열었다. 예상대로 물기 하나 없이 말짱한 싱크대의 배수구는 바짝 말라 있었고, 방바닥은 얼음장처럼 싸늘하게 식어 있었다. 평소에 쓰지 않는 중간 방은 열어 보나마나였다. 사 년 전 서울에서 내려올 때 가지고 온 듯한 커다란 여행용 가방 세 개가 먼지를 뒤집어 쓰고 한쪽에 놓였을 뿐, 이 년 전 내가 처음으로 와서 보았을 때와 전혀 변함이 없었다.

평소 그가 침실 겸 서재로 쓰고 있는 사당 쪽의 제일 갓방 문을 열었다. 한쪽 벽면을 가득 메운 책장과 아랫목에 가지런하게 개어 놓은 이부자리는 그때와 다름이 없었다. 컴퓨터의 모니터가 놓인 식탁 겸 앉은뱅이책상 역시 마찬가지였다. 한 가지 낯선 게 있다면, 책장 앞 방바닥에 일렬로 죽 늘어놓은 여남은 남짓한 빈 소주병 정도랄까? 평소 정리에 철저한 그의 성격에 비추어 보면 퍽이나 낯선 풍경이었다. 그러니까 그는 그동안 무슨 일인가로 주변 정리도 못할 만큼 골몰해 있었다. 그게 무슨 일이었을까…… 그리고 그는 어디로 사라져 버렸을까?

삼백 평 남짓한 사당의 경내를 구석구석 꼼꼼히 한 바퀴 둘러본 나는 대문을 나섰다. 방법이 없었다. 일단 폐가를 포함하여 예닐곱 채 남짓한 인근의 주민들을 상대로 탐문이나 해보는 수밖에…… 그러나 내처 세 집을 돌았지만 허사였다. 마을의 주민이라야 대개가 일흔이 넘은 노인네들로 그들은 오히려 한결같이 나에게 되물었다.

"왜요? 그 사람 집에 없어요? 하긴, 있으나 없으나 일 년 가도 얼굴 한 번 보기 힘든 사람이니까. 그런데 그 사람 대체 뭘 하는 사람이오?"

그러다가 마지막 한 집에 들렀을 때였다. 그 역시 여든에 가까운 노인으로 "글쎄, 나도 그 사람 얼굴 본 지 두어 달은 넘은 것 같소. 혹 상덕이한테 물어 보면……"이라며 말꼬리를 흐렸다. 그 말을 받아 내가 잽싸게 물었다.

"그분은 어느 집에 사시는지요?"

자발없이 성급한 내 물음에 노인이 웃으며 대답했다.

"뭐, 그분이라고까지 할 건 없고…… 그냥 상덕이라고 있소. 여기서 나가 읍내로 들어가다 보면 밭 가운데 빈집에 혼자 사는 사람인데, 가끔 밭둑에서 그 사람과 나란히 앉아 소주를 마시는 걸 내가 몇 번 본 적이 있지."

뜻밖이었다. 그로서는 객지나 다름없는 고향에 술친구가 있었다니……. 나는 노인이 가르쳐 준 집을 찾아갔다.

누가 살다가 버리고 떠난 듯한 슬레이트 지붕의 두 칸짜리 오두막. 흙벽의 여러 군데가 헐고 툇마루의 바닥은 절반이나 뜯겨져 나갔다. 그러니까 겉으로 보기엔 전혀 사람이 사는 것 같지 않은 집이었다. 나는 방문 앞에 서서 사람을 불렀다. 그러나 방안에서는 아무런 기척이 없었고, 방문 앞에는 신발도 보이지 않았다. 그렇게 몇 차례 더 부르다가 마침내 손을 뻗어 문고리를 잡아당겼다. 문은 그대로 열렸다. 나는 허리를 굽혀 방 안으로 머리를 들이밀었다.

어두컴컴한 방 안이 눈에 익을 무렵, 나는 재빨리 고개를 빼고 방문 앞에서 한 걸음 뒤로 물러났다. 누군가 벽 쪽을 향해 웅크리고 누워 있었던 것이다. 아주 작은 몸집의 사내였다. 나는 무례를 범했다는 생각으로 다시 정중하게 사내를 불렀다.

"상덕 씨 계십니까?"

그제서야 방 안에서 인기척이 일고 한참 만에 사내가 바깥으로 고개를 내밀었다. 그 순간 나는 다시 한 번 화들짝 놀랐다.

신발을 신은 채 바깥으로 나와 툇마루에 쪼그리고 앉은 사람은 남자가 아니었다. 여자였다. 그것도 한눈에 보아도 정신이 온전치 못한 미친 여자…… 그가 바로 상덕이란 사람이었다. 마흔 중반의 나이쯤 되었을까…… 나는 낭패한 기분으로 잠시 그녀를 내려다보았다. 헝클어진 머리카락과 더럽고 철지난 입성에 비하면, 바짝 마른 몸매에 창백한 얼굴은 작고 흰 손과 함께 아주 도드라져 보였다. 흉한 입성이 아니더라도, 사람을 쳐다보는 눈길에 벌써 광기가 번뜩여 처음 대하는 사람을 당황시키기에 충분했다. 그녀가 천천히 나를 올려다보며 말했다.

"날, 왜 찾노?"

뜻밖에도 맑고 카랑카랑한 음성에다, 다짜고짜 반말이었다. 나는 상관치 않고 찾아온 이유를 설명했다. 하지만 그녀는 듣는 듯 마는 듯, 내 눈을 뚫어질 듯이 쳐다보다가 다시 말했다.

"담배 하나 다고."

동문서답이었다. 나는 담배를 꺼내어 그녀에게 한 가치 건넨 후 불을 붙여 주고, 나도 한 가치 빼어 물었다. 그러나 그녀는 담배 한 가치를 다 태우고 나서도 말이 없었다. 나는 다시 그녀에게 물었다.

"그 사람이 어디로 간다는 말, 혹시 듣지 못했나요?"

"왜, 가 집에 없다?"

그가 지금 집에 없더냐, 는 되물음이었다. 나는 그렇다고 대답했다.

"나는 몰다. 어젯밤에 여게 와서 자고 오늘 새벽에 나갔다……."

그녀는 예사스럽게 대답을 하다가 중간에 말을 뚝 끊더니, 갑자기 캐들캐들 웃기 시작했다. 그러다가 한참 만에 웃음을 뚝 그치고 난 뒤 다시 예사스럽게 말을 이었다.

"같잖은 거 하나 앞에 찼다꼬, 또 어데 기집질하러 갔지 뭐. 지 여편네는 집에서 골병드는 줄도 모르고."

이렇게 횡설수설 끝에 그녀는 다시 나를 올려다보며 "뻔하잖나, 그렇잖나?"라고 되묻다가, 입가에 돌연 웃음기를 띠더니 한마디 덧붙였다.

"미친놈, 꼴에 사내라고!"

나를 향한 비웃음이나 마찬가지였다. 나는 하도 어이가 없어서 그녀를 마주보며 그만 피식, 웃고 말았다. 하긴, 미친 사람의 눈에는 정상인이 마치 미친 사람으로 보이리라……. 그러나 그렇게 웃고만 말 일은 아니었다. 그녀는 분명히 사라진 H를 인식하고 있는 듯한 눈치였고, 나 또한 그녀에게 티끌만한 단서라도 찾아야 했다. 그래서 다시 물었다.

"평소에 그 사람이 혹, 어디로 간다는 말 없었어요?"

그때였다. 정처 없이 앞만 향해 눈길을 주던 그녀가 돌연 얼굴을 홱 돌리더니, 나와 눈을 정면으로 마주치며 소리쳤다.

"아, 두 발 달린 짐승이 어델 못 가!"

그러고 나서 그녀는 한동안 나를 노려보았는데, 그 두 눈에는 마치 불꽃이 이는 듯했다. 세상을 향한 알 수 없는 증오 같은 것이라면 맞을까? 나는 갑자기 그 여자에게 무섬증이 일었다. 그리고 더 이상의 대화는 무리라는 사실을 깨닫는 즉시, 그 자리를 떴다.

그날 나는 그 길로 읍내로 들어가 이발소와 목욕탕을 비롯해 몇몇 술집을 기웃거려 보았다. 하지만 허사였다. 아무도 H를 아는 사람도, 기억하는 사람도 없었다. 그렇게 날이 저물자 나는 다시 사당으로 돌아가, 제일 갓방에 놓인 그의 컴퓨터를 차에 실었다. 대신 책상 위에는 메모 한 장을 남기고 서울로 돌아왔다.

그날 가지고 온 H의 컴퓨터에는 대충 이백 자 원고지 1만 2000매가 넘는 분량의 원고가 수십 개의 파일로 남아 있었다. 매사에 깔끔한 그의 성격답게 파일은 이미 출판된 원고와 미출판 원고의 폴더로 나누고, 미출판 원고는 출판을 염두에 둔 듯 다시 각 장르별 권별로 분류해 놓았다.

이미 출판된 다섯 권의 원고 외에도 7300매 가량의 원고가 더 있었는데, 그 분류에 따르면 중단편집이 두 권 분량에다 장편이 한 권, 그리고 미니픽션과 장편동화가 각 한 권씩의 분량이었다. 게다가 중국의 고전을 평역한 픽션이 두 권 분량에다 독후감 등 산문이 또 한 권 분량을 훨씬 넘고 있었다. 그러니까 그는 대충 여덟 권 분량의 원고를 남기고 홀연 종적을 감추어 버린 것이다.

그런데 그는 자신의 실종을 미리 예감이라도 하고 있었던 것일까? 나는 그가 남긴 수십 개의 파일을 훑어보다가, 서두에 미니픽션이라고 분류한 짧은 원고 한 편을 읽게 되었다. 어느 날 갑자기 종적을 감추어 버린 한 무명 독신 소설가의 추적기를 다룬 픽션이었는데, 다 읽고 나서 파일을 보니 내가 처음 전화를 걸어 그의 부재를 확인한 날로부터 꼭 일주일 전에 쓴 원고였다. 그러니까 그는 그 미니픽션을 통해 이미 자신의 실종을 예고하고 있었던 셈이다.

지금까지의 이 글이 바로 그가 종적을 감추기 직전에 쓴 미니픽션 「소설가 H의 행방」이다. 저자의 허락 없이 함부로 여기에 싣는 나를, 독자 여러분 중에는 혹 질책하실 분도 계실 줄 안다. 그런 분들께는 머리 숙여 용서를 구함과 동시에 이해를 구한다. 그리고 혹 그의 행방에 관해 알고 계시거나 소문을 접한 분들께서는 연락 주시길…….

오래된 나무탁자

—

홍 적

어느 마을에 오래된 나무탁자를 식탁으로 사용하는 집이 있었다. 어느 해 봄날 밤 부엌에 물을 가지러 갔던 아이가 방으로 돌아와서 말했다.

"엄마, 부엌에서 무슨 소리가 나."

아이의 어머니는 그 말을 듣고 부엌으로 들어갔다. 그러나 아무런 소리도 들리지 않았다. 다시 방으로 돌아온 어머니가 아이에게 말했다.

"무슨 소리가 난다고 그러니? 네가 뭘 잘못 들었나 보다."

다음날 새벽, 어머니는 아침밥을 짓기 위해 부엌으로 들어갔다. 그때였다. 어머니의 귀에 무슨 소리가 들리기 시작했다. 어머니는 자리에 멈춰 선 채 그 소리에 귀를 기울였다. 그것은 주의를 기울이지 않으면 여간해서는 들리지 않을 아주 미세한 소리였다. 마치 연한 종잇장이 서로 맞부딪치며 나는 소리 같기도 하고, 아닌 것 같기도 했다. 그러다가 어머니는 갑자기 전등의 스위치를 올렸다. 부엌이 대낮처럼 밝아졌다. 하지만 그와 동시에 그 소리도 곧 멎고 말았다. 어머니는 고개를 갸웃거렸다. 내가 뭘 잘못 들었나? 이렇게 생각한 어머니는 곧 돌아서서 싱크대로 향했다.

그러나 어머니는 다음날 새벽에도, 또 그 다음 날 새벽에도 똑같은 소리를 들었다. 그러다가 부엌의 전등만 켜면 불빛과 함께 그 소리도 곧 멎고 말았다. 나흘째 되던 날, 마침내 어머니는 아이의 아버지에게 이 사실을 알렸다.

이야기를 듣고 난 아이의 아버지가 말했다.

"쥐가 들어왔나 보지. 내일은 어디 쥐구멍을 한번 찾아보자구."

다음날 아침 대대적인 부엌의 청소가 시작되었다. 그러나 지난 가을에 다시 뜯어고쳐 새로 단장을 한 부엌은 개미구멍 하나 없이 말짱했다. 어디에도 쥐가 들어온 흔적은 없었다. 아버지가 어머니에게 말했다.

"당신이 뭘 잘못 들었어."

아버지의 말에 어머니는 다시 고개를 갸웃거렸다.

그러나 그날 이후에도 새벽마다 어머니는 그 소리를 들었다. 그리고 전등만 켜면 그 소리는 또 흔적도 없이 사라져 버렸다. 그렇게 다시 며칠이 지났다. 어머니도 이제는 귀가 무디어졌는지 더 이상 그 소리를 듣지 않게 되었다.

그로부터 몇 주가 지난 화창한 어느 봄날의 일요일, 오랜만에 온 가족이 식탁에 얼굴을 마주하고 둘러앉아 점심을 먹고 있는 자리였다. 식사가 거의 끝나갈 무렵, 어머니는 바닥이 난 더운 물을 채우기 위해 나무탁자에 놓인 물주전자를 들고 자리에서 일어났다. 그때 아이가 아버지에게 소리쳤다.

"아빠, 저기 봐요!"

아이는 손가락으로 방금 엄마가 들고 일어난 물주전자가 있던 나무탁자의 한 모서리를 가리켰다. 거기에는 난데없는 벌레 한 마리가 꼼지락거리고 있었다. 아이의 말을 듣고 어머니가 달려왔다. 나무탁자에 파인 구멍 속에 반쯤 몸을 묻은 채 이제 막 알에서 깨어난, 아이의 새끼손가락 끝마디만한 생명체…… 그것은 마침 문틈으로 비친 햇살 아래 그 찬란한 자태를 고스란히 드러내고 있었다. 그 모습을 본 어머니의 눈빛이 반짝, 하고 한 번 빛났다. 이어서 그 눈빛은 경이로움에 가득 찬 아버지의 눈빛과 한동안 마주쳤다.

지난 가을 아버지가 부엌을 새로 단장하기 전까지, 창고에서 수십 년 동안 먼지를 덮어쓰고 있던 나무탁자…… 그것은 돌아가신 아이의 할아버지가 젊은 시절에 오동나무를 베어서 만든, 사십 년도 더 된 고물 나무탁자였다. 그리고 벌레가 깨어난 탁자의 그 모서리는 지난 가을부터 올 봄까지, 늘 따뜻한 물주전자가 놓여 있던 자리였던 것이다.

이 이야기의 사실 여부에 대해서는 무어라고 할 말이 없다. 벌써 십 년도 더 전에 우연히 술자리에서 들은 이야기에다, 이 말을 한 사람이 누구였는지조차 기억에 없기 때문이다. 또 그때 그 나무탁자에서 기어 나온 게 정확히 무슨 벌레였는지도 나는 알지 못한다. 하지만 그게 바퀴벌레였다고 한들 무슨 상관이겠는가. 그렇지 않은가……?

작가 프로필

구자명

1957년생
1997년 〈작가세계〉에 단편 「건달」로 신인 추천
창작집 『건달』, 『날아라 선녀』
한국가톨릭문학상 · 한국소설문학상 수상
kjamo@hanmail.net

구준회

1955년 충남 공주 출생
〈순수문학〉에 시로 등단 시집 『우산 하나의 행복』 외
junhoiku@hotmail.com
http://kugul.com

권여선

1965년생
1996년 장편소설 「푸르른 틈새」로 상상문학상 수상하면서 등단
2008년 「사랑을 믿다」로 32회 이상문학상 수상
장편 『푸르른 틈새』, 단편집 『처녀치마』, 『분홍 리본의 시절』 외
puruntm@empal.com

김명이

1959년 김천 출생
2009년 〈월간문학〉 소설 신인상으로 등단

작품 「치착들의 노래」, 「보라빛 소묘」, 「꽃보다 활짝 피어라」 외 다수
번역서 『갤러거 곤충기』, 『뮤즈를 기다리지 말자』

김민효

1957년생
1997년 〈작가세계〉에 단편 「그림자가 살았던 집」으로 등단
작품 「스타킹」, 「비눗방울」, 「바람 아래」, 「7cm의 허공」,
「이제 치마를 내려 주세요」, 「겨울 횡단보도…」 외 다수
fogvalley@hanmail.net

김병언

1951년 대구 출생
1992년 〈문학과 사회〉로 작품 활동
창작집 『개를 소재로 한 세 가지의 슬픈 사랑』, 『남태평양』
장편소설 『목수의 칼』, 『천지의 사랑』
한무숙문학상 수상

김의규

1955년 서울 출생.
2008년 작품집 『양들의 낙원, 늑대 벌판 한가운데 있다』
euiqkim@hanmail.net

김정묘

1955년 서울 출생
1989년 〈문학과 비평〉에 시로 등단
2001년 〈한국소설〉에 단편 「이구아나의 겨울」로 소설 등단
시집 『태극무극』, 동화집 『엄마야 누나야 강변 살자』,
수필집 『나의 부처님 공부』
kkmyo@hanmail.net
http://blog.naver.com/tebekk

김혁

1956년 충북 영동 출생
1983년 한국일보 신춘문예로 등단
장편소설 『장미와 들쥐』, 『지독한 사랑』 외 다수
kimhyok21@hanmail.net

박명호

경북 청송 출생
1992년 부산일보 신춘문예 소설 당선
작품집 『가롯의 창세기』, 『우리집에 왜 왔니』 외
2005년 부산작가상 수상
aremal@hanmail.net

백경훈

1957년 서울 출생
2003년 계간 〈문학나무〉에 시로 등단
여행 에세이 『마지막 은둔의 땅, 무스탕을 가다』, 『신의 뜻대로』
chodang711@korea.com

서지원

1949년 경북 영주 출생
1997년 월간문학 「유맹」으로 등단
창작집 『오손공주』, 장편 역사소설 『은허』
jiwonpen@naver.com

안영실

1958년 서울 출생
1996년 문화일보 신춘문예 중편소설 「부엌으로 난 창」으로 등단
작품 「그늘 우거진 소리」, 「만우절」 외 다수
mypurplecat@hanmail.net

유경숙

1957년 충남 양촌 출생
2001 농민신문사 신춘문예 단편소설 「적화」로 등단
작품 「금취학령」, 「청어남자」, 「불무골의 여름밤」 외 다수
yksook424@hanmail.net

윤신숙

1956년 서울 출생
2007년 〈에세이 플러스〉에 수필 「클래식 기타와의 여행」으로 등단
작품 「줄다리기」, 「나팔꽃」, 「고릿길 69」 외 다수
sabina45@hanmail.net
http://blog.naver.com/mokdongyun

이시백

경기 여주 출생
1988년 〈동양문학〉 1회 신인상으로 등단
장편소설 『메두사의 사슬』, 소설집 『890만번 주사위 던지기』
연작소설집 『누가 말을 죽였을까』
seeback@paran.com

이종학

1932년생
1963년 단편 「눈먼 말」, 중편 「손바닥 속 인연」
장편 『일대손』 등 다수
hllo20@hanmail.net
jonghaglee@hotmail.com

이진훈

1956년 김포 출생

〈시세계〉에 시로 등단
작품 「반타작」, 「섬중독」, 「사람이 그립다 1~5」 외 다수
moklee@hanafos.com
http://blog.naver.com/mokdonglee

임왕준

1954년생
1988년 프랑스 〈한인신문〉에 「파리 한 구」로 등단
중편소설 「북회귀선-1989」
0112250049@korea.com
http://blog.naver.com/imtaun

정성환

경북 영천 출생
1994년 〈동서문학〉 소설 부문 신인상
작품 「알바트로스의 날개」, 「마지막 카피」, 「침묵의 소리」, 「어제의 시간」, 「외출」 외 다수
noveljsh@hanmail.net

최서윤

1962년 서울 출생
1996년 〈소설과 사상〉 신인상으로 등단

창작집 『길』
al3162@hanmail.net

홍적
1952년 경북 봉화 출생
1996년 〈현대문학〉에 단편 「장미의 배신」으로 등단
장편소설집 『영원한 것은 없다』, 『중국 환상 동화』(전 3권) 등 다수
hongbw21@hanmail.net

미니
픽션

불사조의 아침

1쇄 찍은날 : 2009년 4월 15일
1쇄 펴낸날 : 2009년 4월 20일

지은이 구자명 외 21인
펴낸이 최윤정
펴낸곳 도서출판 나무와숲

등 록 22-1277
주 소 서울특별시 송파구 방이동 22 대우유토피아 1304호
전 화 02)3474-1114
팩 스 02)3474-1113
e-mail : namusup@chol.com

값 10,000원
ISBN 978-89-93632-05-7 03810